失恋したはずの航空自衛官に再会したら、両片想い発覚で妹の子どもごと12年越しの一途愛で包みこまれました

m a r m a l a d e b u n k o

木登

marmalade bunko
マーマレード文庫

目次

失恋したはずの航空自衛官に再会したら、両片想い発覚で妹の子どもごと12年越しの一途愛で包みこまれました

一章

月もうっとりと微睡《まど》むような、墨色のベールが空を柔らかに覆う夜だった。

まだ時折、夢と現実の区別がつかず真夜中に浅く目覚めては泣く幼い甥っ子が、珍しく深く寝入っている。

私はその隣でうまく眠れずに、カーテンのわずかな隙間からただ暗い夜空を見ていた。

虫の知らせ。というのだろうか。

それとも私たちが、双子だからかもしれない。

なけなしの覚悟を無理矢理に決めてから一番、今夜はやけに胸騒ぎがしていた。

一ヶ月前に緩和ケア病棟に移った私の双子の妹・紅葉《くれは》の、静かに眠る真っ白な顔が頭にちらつく。

意識が浮上しているときには、何度も何度も、細い体で私にすがりながら子供をどうかお願いと繰り返していた。

この子供は紅葉が別れた恋人との間に授かり、東京から実家がある岩手に帰ってきて秘密で出産した子供だ。

とにかく彼の迷惑になりたくない、知られたくないと、紅葉は築き上げてきた地元や東京での交友関係のすべてを絶った。

紅葉の強い意志に、地元に残っていた私も妹と子供のために同じようにした。

私たちは双子で、不思議な絆《きずな》がある。

知葉《ともは》と紅葉。土から芽を出した双葉のように、一緒に生まれた私たち。

紅葉のために、私のできる限り最大限の協力を続けていた。

いまは無人の実家を売り、同じ市内に借りている私のマンションで面倒をみている。

ゆっくりと心の準備をして、現実を受け入れる覚悟を決める時間なんてなかった。

父も母もすでに亡く、託された三歳の甥っ子を、私は怪我《けが》も病気もなく一日無事に生かし続けるだけで精一杯だ。

ただ幸いなことに、私の職業はいわゆる作家というものだ。

大学生時代に趣味がこうじて児童文学の公募に作品を応募し、タイミングや運が良かったのか大賞は掴めなかったがなんとか優秀賞を受賞し刊行された。

ペンネームは、本名である高坂《こうさか》知葉をもじり、〝高坂ふたば〟とつけた。

その一冊がありがたいことにシリーズ化され、後発の作品も好調なようでなんとか作家業を続けている。

ネット環境さえあれば、自宅やそこいらが職場になるので通勤というものが私にはない。

自宅兼職場のこの部屋で、二十四時間という一日をほぼ甥っ子の世話に使う。ほんのわずかな時間の隙間を見つけてはパソコンに文章を打ち込み、また世話に戻る。

今夜もまた、甥っ子を寝かしつけたら仕事をするのにベッドを抜け出すはずだった。

だけど体は疲労に支配され起こせず、思考はうまく書きかけの物語の世界に入っていかない。

こういうときは、いくらパソコンの前に座ったとしても一文字も打ち込めない。仕方がないと諦めて、ベッドのなかで横になっている。

そわそわとした嫌な胸騒ぎに、咳払いをひとつしてから寝返りをうったときだった。

マナーモードに設定したスマホが、暗い部屋で眩《まぶ》しい光を放った。

――ああ、こんな時間に電話なんて、ほぼ病院からに違いない。

半身を起こして見たディスプレイには、やはり病院の番号が示されていた。

妹はもう、いつ息が止まってもおかしくない状態だと医師から説明を受けている。

しかしいよいよだと聞いても、私はどこかそれを信じられないでいた。

しかし現実が今夜、目の前にやってきた。

……突然ふっと、自分の半身が欠けたような感覚。

脆《もろ》くなった心が、端からほろほろと崩れていく。

「……紅葉……っ」

自然と、口から言葉が漏れる。

頭によぎる、妹の旅立ち。

スマホは、薄暗闇を切り裂くように光り続ける。

早く、早く電話を取らないといけないのに、勝手に涙がぼたぼたと流れてしまった。

妹がまだ三歳の幼子を残して逝くのは、なによりも無念だろう。

そして甥っ子は、母である妹に抱きしめられた記憶をこの先持ち続けられるだろうか。

ぬくもり、声、匂い、そして笑顔。なにもかもが、思い出が足りなすぎる。

……誰もまだ、しっかり覚悟なんてできていない。

込み上げてくる悲しみと、漠然としたこれからの不安で押し潰されながら、震え出した手でスマホを掴む。

通話ボタンを押し、スマホを耳に当てながら、眠る幼い甥っ子をベッドに残し、よろよろと部屋から移動する。

耳から入る言葉は予想通りで、看護師さんの声を聞きながら、私はリビングにへたりこんだ。

詰まりそうな息を吐き、なるたけ冷静に、受け答えをする。

そのとき、なぜか高校生のときにずっと好きだった男性の顔が思い浮かび、彼にも妹の死をいつか知らせるべきかと考えた。

私の好きだった彼、時松《ときまつ》くんは妹の紅葉のことが好きだったから——。


あれから怒涛《どとう》の四年が過ぎた。

ぷくぷくの幼児だった甥っ子・要《かなめ》は同年代の子よりも少し背の高い六歳に育ち、私は恋愛も結婚も省き、育てのお母さん業も板につきはじめた三十歳になった。

——変化したことのひとつといえば、紅葉の元恋人、要の父親である坂田《さかた》さんとも連絡を取り合うようになったことだ。

紅葉の葬儀が終わり一年ほどが経った頃。探偵事務所を使い調べてやってきたのだと、坂田さんは神妙な面持ちで私と要が暮らすマンションに訪ねてきた。

住んでいた都内の部屋を引き払い、連絡手段の一切を捨てて実家がある岩手に帰ってきた紅葉の痕跡を辿《たど》るのは、坂田さんだけの力では無理だったらしい。

一方的に紅葉から別れを告げられ、けれど数年経ってもまったく諦めきれず捜しはじめたという。

実家も生活費や入院費のために母が亡くなってからすぐに売却していたので、ここまで辿り着くのが大変だったと坂田さんは私に話をした。

わずかな時間だったけれど、母は孫を抱き育児を私たちに教えてくれた。そんな母を看取ったあと、すぐに紅葉が母と同じ病に蝕《むしば》まれているとわかり、とにかく治療に専念できるよう思い出の詰まった実家を売ってお金にした。

紅葉はどうしても坂田さんから子供の存在を隠し通したくて、私もそれに協力していた。けれど、見つかってしまった。

探偵事務所というプロの前では、私たちがいくらあがいても限界があったようだ。

なにより、坂田さんの顔は、とても見ていられないほど悲壮感が浮き出ていた。

『……口元のホクロの位置まで、紅葉と同じなんですね。本当にそっくりだ』

坂田さんは、一卵性の双子、紅葉の姉である私の顔を懐かしむようにじっと見ていた。

紅葉が亡くなったことは、どのタイミングで知ったのだろう。そうして子供がいることも、同時に知ったのかもしれない。

ここで要に会わせず坂田さんを強く拒絶したら、彼は死んでしまいそうだった。やつれて瞳からは光を失い、言葉を紡ぐのもたどたどしくて。

私は紅葉に心のなかで何度も謝り、子供を連れていかないとその場で坂田さんに約束をしてもらい、部屋に通した。

紅葉から見せてもらった写真でしか知らなかった坂田さんは、面食いだった紅葉のタイプど真ん中だった。

背も高く物腰も柔らかで、賑《にぎ》やかな紅葉とは真反対。でもきっと、お互いにそういうところに惹《ひ》かれ合ったのだろう。

両親と紅葉の写真のあるお仏壇にお線香をあげたあと、坂田さんは人見知りをして私から離れない要を見て、『僕の息子だ』と言って泣き出しそうに笑いかけた。

確かに、要の顔は坂田さんにもとても似ていた。

私は『紅葉は坂田さんに迷惑をかけたくないと、ずっと言っていた』と伝える。

坂田さんは堪えきれずに泣き出して、幼い要はその様子を黙ってずっと見つめていた。

約束通り坂田さんは私から要を取り上げようとはせず、養育費を払いたいとその場で申し出た。

要がこれから成長していくのを、自分も父親として迷惑にならない範囲で関わりたいというのだ。

それからすぐに要を認知して、成人までのぶん、まとめて一括の養育費を振り込んできた。

そこで改めて、坂田さんは有名な一流商社で働いているのだと確信した。

他に、要への定期的な連絡をしてくれている。

いまは海外赴任中で、季節ごとにカードやお菓子、プレゼントを要宛に送ってくれる。

要と坂田さんとの関係は、付かず離れずといった風だ。

要は坂田さんをパパと呼んで慕っている。

坂田さんのご両親は要の存在を坂田さんから聞かされ、静かに容認してくれているようだ。

『ひとりで子育て大変ね、誰かいい人を紹介しようか？』なんて言ってくれる人もいるけれど、とてもじゃないが恋愛を一からはじめる余裕が私にはない。

なにより要との生活が大事なのと、いまだに高校時代の恋を忘れられずにいるからだ。

もう十二年も、好きだと言えなかった相手である同級生だった時松くんを密《ひそ》かに想っている。

十二年なんて、干支《えと》一回りだ。

未練がましい自分が嫌になるときもあるけれど、時松くんとの思い出はいつまでも私を支えてくれている。

航空自衛官になって、戦闘機のパイロットになるんだと言っていた時松くん。

いつも穏やかに笑っていて、ファンも多かった。だけど彼女はいないみたいで、大人しい私に気さくに話しかけてくれた。

夢みたいに、密かに夢中で恋をしていた。

あんなに人を好きになったのははじめてで、最後だ。

告白できなかったから、あの恋はいつまでも光を小さく放ち心のなかで輝いている。

ずっと時松くんが好きだから、別の恋はしない。恋人も作らない。

たまに思い出しては、どこかで元気でいて欲しいと願う。私も、挫《くじ》けずに頑張らなくちゃと思う。

この恋は、とても都合のいい、私の心の支えになっている。

私と要は、ふたりきりの家族になった。

要は大きなケガも病気もせず、と言っても保育園時代には二週間に一度は熱を出し、真夜中に突然シャワーのごとく嘔吐したりとそれなりに大変なこともあったけれども。やけにお喋りになる、ぱっちり二重、珍しく早起きのどれかが二つあると発熱のサインだ。

先生の態度がぶっきらぼうゆえにママたちから人気がなく、診察までにあまり時間のかからない小児科に飛び込む。処方された熱冷ましの薬を吐き出す要と格闘しながらの子育てだった。

はっきり言うけれど、子育ては決して楽ではない。しかも現在進行形で。

こういうとき、一部の動物が雌同士でコミュニティを作り、協力して子育てをする理由が痛いほどわかった。

子育ては、誰かと協力できたら心身ともに負担がかなり違ってくる。

なので乳児期から預かってくれた保育園、先生たちには足を向けて寝られないくらいに、いまでも深く感謝している。

未婚在宅ワークの私では子供を預けられないと当時思い込んでいたけれど、どうやら違っていた。

市が繋《つな》いでくれた保育園に見学に行くと、園長先生が熱心に話を聞いてくれたのだ。要の子育てに取り組みはじめた私に先生は、なんでも聞いて、大丈夫だよと優しく言ってくれた。

その言葉で私は、助けの手を求めてもいいのだと目からウロコが落ちた。

慣らし保育の期間、私はひとりハラハラして仕事に手が付かないでいた。しかし要も新たな環境にうまく順応してくれて、正式に入園することができた。

その保育園で見た乗り物図鑑が大変気に入り、そのなかでも飛行機に強い興味を示した要の将来の夢はパイロットになった。

夢に向かい小学校での勉強に励み、家ではタブレットで見る飛行機の動画配信に夢中になった。

パイロットになるためには英語塾にも通いたいと熱望し、週に二度ほど元気に英語を習いにいっている。

好きなのは飛行機全般、航空自衛隊の飛行機なども好きだという。

私は乗り物に関してはちんぷんかんぷんだけど、楽しそうに説明をしてくれる要の姿を眺めながら飲む晩酌は最高だ。

飛行機を毎日見て暮らしたい！と騒ぐ姿なんて、子供らしくて大好きだ。

本物の飛行機を見にいきたいと、お小遣いも貯めはじめた。

毎日張り切って登校する要を見送り、私は日中執筆に励む。

そんな日々がずっと続くのだと思っていたけれど、少しずつある問題が出てきた。

それは、要の学校での友人関係だった。

要の保護者は伯母である私で、養育をしているのも私だ。ひとり親や事情のある家庭は珍しくないし、うちの事情も同じ保育園だった子供たちの保護者は知っている。

ただ、違う幼稚園から入学した子供のなかに、うちのような特殊な家庭に強く疑問を持つ子供が現れた。

どんな経緯で知ったのかはわからないけれど、要の家庭事情にとても興味があるらしい。

要を父親でも母親でもない、伯母が親代わりをしている。それがその子供には純粋に不思議で堪らないみたいだ。

要から『しつこく、ともちゃんや、お母さんのことをきかれるんだ』と打ち明けられたのは、秋の深まりはじめた十一月に入る頃だった。

元気なく帰宅して、ランドセルを背負ったまま私の仕事部屋兼私室にやってきてぽつりとそう打ち明けてくれた。

先生に相談してみようかと提案をすると、要は困った顔をする。

結局、少し様子を見ようとなったけれど、相変わらず状況は本格的な冬を迎えても変わらなかった。

『お父さんと、お母さんは？』『さみしくないの？』『かわいそう』

これは要が私に、こんなことを言われるんだと話をしてくれた一部の言葉だ。

想像するに、きっともっと純粋ゆえに鋭い言葉もあるだろうに、要はそのなかからなるたけ私が聞いて傷つかないものを選んで伝えたようだ。

それを聞いて、私は胸が潰れそうになった。

要だって、妹の紅葉だって、一緒にいたかったのだ。けれどそれが叶わなかったことを、簡単に『かわいそう』なんて言葉を投げつけないで欲しかった。

言った相手は子供かもしれないけれど、それを受け取る要だってまだ子供だ。

悔しかったと思う。悲しさだって、あったろう。

『要が悲しくなったり、困ることをこれからもその子が言うなら私にまた教えてね』

『ともちゃんに話をしたら、先生にいうの？』

『あんまり酷《ひど》いなら、話すよ。でも担任の先生に相談したら、要は困る？』

『……先生にともちゃんがそうだんしたら、もっといわれるかもしれない』

子供の友人関係も、大人と同じで難しい。小学校、クラスという狭い世界が、子供にとっては生きる世界のすべてに等しい。

要はその世界でなるたけ平穏に過ごすために、我慢を選んだ。私は細心の注意を払いながら、要の気持ちを尊重することを……心配で仕方がなかったが決めた。

しかし、冬休みが終わり三学期がはじまった頃。

登校するものだと思っていた要が、ベッドから起きてこなくなってしまった。

お腹が痛い、頭が痛いと言うので、慌てて病院へ連れていくが様子見という診断が続く。

具合が悪そうにするのは朝だけ。お休みの連絡をしたあとは、ホッとしたように静かに過ごしている。

申し訳なさそうに俯く要の頭を撫でながら、平日の昼間に学校へ行かないことへの罪悪感を抱かないようにつとめた。

担任の先生に今日もお休みの連絡をする。

すると、長い休みのあと学校へ行き渋る子も珍しくないと言ってくれた。

私の亡くなった母くらいのベテランの女性の先生で、明るくおおらかな雰囲気だ。

そう先生がそう言ってくれるならと、心が少し軽くなった。

こういうとき、自分がフリーランスであることに深く感謝した。自分から動いて働かなければ食べてはいけないが、時間ならなんとか工夫して、なんなら睡眠時間から捻り出せる。

要をひとりにすることなく、側において日中は執筆仕事をする。要はタブレットを消音にしてぼんやりと眺めたり、話をぽつぽつしたりで私の側を離れない。

そんな日が、積み重なっていく。

今日の窓の外は曇り空で、冷えた空気が窓際からしんしんと伝わってくるようだ。

どうせ寒くて洗濯物は乾かないから、ガス乾燥機が朝からフル回転している。

学校へ持っていくはずだった体操着袋や上履き入れ、ランドセルはずっとリビングの隅で鎮座したままだ。

通学時に着るスキーウェアも吊るしっぱなし。

こういうとき、妹の紅葉ならどうしていたかを考える。変なところで思い切りのいい妹だったから、私の想像の更に上をいく解決法を思いついただろう。

それから私ならと考えるけれど、結局は要が一番に大事で、要に一番良い解決法を探りたいというところに行き着くのだ。

子供の頃に、親にされたことは良いことも悪いことも結構いつまでも覚えている。大事にされた記憶があれば自信になり、放っておかれた記憶がいくつも残れば自分の価値を見失ってしまう。

児童文学を執筆する身として、読者である子供たちの心理や行動を多少は勉強した。子供たちの心は予想よりもうんと繊細で柔らかく、純粋で、単純ではないものだと思い知った。

子供だからわからない、すぐに忘れる、なんてことは都合の良い大人の言い分で間違いだとわかった。

私が要を甘やかしていると言う人がもしいるならば、可愛い要を甘やかしてなにが悪いと思う。

人一倍優しくて、周りをよく見ている要。もっと子供らしくワガママを言っても良いくらいだ。

私はパソコンに向かい文章を綴《つづ》りながら、要の不登校の原因を考える。

「ともちゃんのおしごとのジャマをずっとして、ごめんね」

要は申し訳なさそうに、私に謝る。

「邪魔なんてことはないから大丈夫だよ。要と話をしてると、色んなアイデアが浮かんでくるもん。私、要とゆっくり話ができて嬉しいよ。サラシリーズ、要にはすごく助けられてるよ」

『サラシリーズ』とは、私が執筆している児童文学のシリーズのひとつだ。

五年生のとあるクラスに、世界中を旅したという自称魔女のたまご・サラが転校してくる。

元気いっぱいで不思議な雰囲気を持つサラ。おっちょこちょいな彼女は、旅した先で数々の落とし物をしている。

その話をクラスメイトに披露すると、いつの間にかクラスごとその旅を追体験していて……。

それぞれの個性を持つ子供たちが、毎度不思議な世界で協力したりケンカしたり、仲直りをしながら試練を乗り越えていく。

普段は大人しい子、いばりんぼ、泣き虫にだって秘めた気持ちや能力があり、サラはそれを引き出していく。

そんなサラの落とし物には、それぞれある秘密があって――。というお話だ。

〝どんな子にも個性があり、力を発揮できる〟をコンセプトにしていて、乗り物好きな子が活躍する巻では、要にたくさんの話を聞かせてもらったのだ。

要は顔を上げ、「ほんとうに？」と嬉しそうに聞いてきた。

不登校の理由は、きっとあの子の言葉の数々だろう。

要は自分に両親がいないことを理解して、なんとかその事実を小さな体で受け止めている。

それを一から百まで理解して欲しいとは言わないが、言われた要の表情を見てその子には考えてみて欲しかった。

要は嫌がるけれど、一度担任の先生に学校での様子を相談してみようかと考える。

要が学校を休みはじめてから、先生からは放課後になると様子を窺う連絡をもらっていた。

次に電話がきたら、要の二学期での学校での様子だけでも聞いてみよう。

そう決めた日の夕方、担任の先生から電話があった。私は着信中のスマホを手に取り、リビングのソファーでうたた寝をしている要を起こさないように仕事部屋兼私室へそろりと移った。

小声で電話に出ると、先生は自宅での要の様子を聞く。私は大人しく過ごしていると答え、学校の様子を聞こうとしたときだった。

『要くんは少し気にしすぎる性格のようですね。クラスメイトからおうちの事情を聞かれても、気にしてはだめだと言ったのですが。また気にしてるのかなぁ』

「……えっ？」

……あれ、なんだか想像していたのと違っている。

「あの、先生は要がクラスメイトから家庭のことを言われていたのを、知っていたんですか？」

慌てて被《かぶ》せ気味に質問した声が、わずかに震える。

『ええ。だから、気にしちゃだめよと伝えていました』

「……言ってくる子には、先生からはどのように指導していただいたんでしょうか」

『ああー……、あの子は言ってもだめなんです。元気がすぎるんですよ』

頭を後ろから殴られたような衝撃だった。

私は、このことは子供たちの間の問題で、先生はまだそれを把握していないのだと思っていた。

けれど、事態は違っていた。

――先生は、知っていたのだ。

知っていて、言いやすく指導に従う要に『気にしちゃだめ』なんて言ったのだ。

発言元である、クラスメイトには根気よく指導も続けないで。

真っ黒な悲しみと怒りが、胸の奥からわきあがってくる。

昔から、私は大人しい子供だった。

活発な紅葉と違い、行動力も発言をする勇気も少ない子供だった。

そのまんま大人になったけれど、紅葉から要を託され私は変わった。

小さな子供を守り育てるために、変わったのだ。

胸の奥から、熱くて苦しい感情がせり上がってくる。

これは、怒りだ。

「……びっくりしました。まさか先生がこの問題をご存じだったなんて」

『問題だなんて、そんなおおげさですよ。子供の間にはよくある、からかいです。こんなことといちいち問題にしていたら、わたしの身が持たなくて痩せてしまいます』

あっはっはと、先生が笑う。確かに先生は少しだけ大柄だから、これは自虐ネタなのかもしれない。

だけど私はちっとも面白くなくて笑えなかった。

うまく言葉が出ない代わりに、頭のなかで色んなことを考える。

元気すぎる子供に罪はないというのなら、止めない大人はどうなんだろう。

先生ひとりで数十人の生徒をみるのは大変なのはわかる。

だから、先生に無理をしろとは言わない。

……私が自分で動くと、いま決めたから。

「ええ、私は要の血の繋がった伯母なので、先生がおっしゃる気にしすぎなところも似ているんでしょうね。先生は問題とは思っていらっしゃらないようなので、このことは今後は学年主任や校長先生とお話ししたいと思います」

『えっ、いや、わたしに直接話してもらえれば……っ』

「いいえ、お忙しい先生の手を煩わせる訳にはいきません。では、失礼します」

モンスターペアレントだと思われても構わないと、覚悟はここで決まった。

まだなにか言っている先生の声が聞こえるけれど、私は通話ボタンを切った。

怒りと緊張で詰めていた息を、静かに吐く。

茜《あかね》色の柔らかな西日が部屋を染めて、やけに静かで重い空気に満ちていた。

いま、私は絶対に酷い顔をしている。こんな顔は、要には見せたくはない。

そんななかでも、仕事机に飾った写真立てのなかで、紅葉と幼い要がこちらに向かって笑っている。

これは、紅葉が入院をする前、まだ治療をはじめる前に撮った写真だ。

要に覚えていて欲しいからと、紅葉は私に写真を撮って欲しいと頼んでいた。

「ごめん、紅葉。もっと、もっとちゃんと、要の話を聞いてあげられたら良かった……」

そうして、学校で担任の先生から『気にしないように』と言われ、静かに頷《うなず》く要を勝手に想像して泣いた。


その晩、要が寝たあとにお世話になっている担当編集さんに今回の話をした。

あまりにもな展開だったので、誰かに聞いて欲しかったのだ。

ちょうど電話での打ち合わせの予定が夜にあり、私が夕方にあった顛末《てんまつ》をぽろりとこぼすと、担当さんが改めてプライベートで話を聞いてくれると申し出てくれた。

何人もの作家を抱え忙しいのに貴重な時間を奪ってしまうので申し訳なく思ったが、話をすることで頭の整理をしたかった。

ありがたいと何度もお礼を言うと、担当さんは『気にしないで、大丈夫ですよ』と言ってくれた。

この担当さん、小原《おはら》さんは私の十歳上で、デビュー作からお世話になっている。彼女には男の子のお子さんがふたりいて、ただいま中学生と高校生だ。

私が要を紅葉から預かった頃から、仕事についてたくさんの時間調整や融通、それに子育てのアドバイスや相談に乗ってもらっている。

親しいママ友がいない私には先輩ママの生の声を聞けるありがたい存在で、一方的にだが小原さんを姉のように頼りにしている。

仕事部屋兼私室、ベッドに腰掛けて小声で通話をはじめた。最初は改めてお礼を、それから話を切り出した。

「うまくは言えないんですが、要の担任の先生に強烈な違和感みたいのを覚えたんです。あっ、この人とは価値観が違うんだなって」

『ああ～、わかります。そういう第六感、シックスセンスは大事にした方がいいですよ。あれは感知能力の一種ですから』

「第六感……」

『そうそう。わたしたちは生き物ですからね、家族を守ったり生きていくために、いままで生きて身についてきた経験からサインがくるんですよ……それが違和感の正体だと思うんです』

「そうかもしれません。こんなことになるなら、頑張ってママ友を作れば良かったなぁ」

要が保育園に通っていた頃から、私には親しいママ友と呼ばれる存在がいない。詮索されるのを無意識に避けていたのか、挨拶やちょっとした立ち話はするけれど連絡先を交換することはなかった。

ママ友のネットワークに自分も加わっていれば。そこに何人もきょうだいをあの学校に通わせる保護者がいたら、もしかしたらあの担任の先生の話も聞けたかもしれない。

『ママ友はね、結構簡単にはできないんですよ。わたしもママ友と呼べる人ができたのは、子供が入ったジュニアの野球チームで連絡先交換をしてからですもん』

「難しいなぁ……。もういっそ、要がいいって言ってくれたら引越ししてやり直したいくらいです」

問題の放棄だと叱られる覚悟で発言したら、予想外な言葉が返ってきた。

『それも選択肢としてアリですよ。わたしの知り合いの話ですけど、学級崩壊で不登校になった子供をすぐに転校させてました。引越ししてね。特に学校にこだわりがないのなら、子供が安心して通えるのが一番大切ですから』

私は『それでは子供に我慢が身につかない』と、小原さんから言われるかと思っていたのだ。

子育ての難しさに直面している。

正しく優しい人になって欲しいと願うが、どう導くのが正解かわからない。

子供の頭の上にステータス表示がされたら……なんて何度考えたか。

要が嫌がることを、私が率先して排除してもいいんだろうか。あとになって、乗り越えなかったことが、要の不利になったりしないだろうか。

夕方は怒りに任せて強気だったのに、時間が経つほどに自分の考えや行動に自信が持てなくなってきた。

霧のなか、手探りでかろうじて歩いている気持ちになる。

「あの、変な質問していいですか？　小原さんは、親が問題を排除しては、子供に経験や我慢が身につかないとか、思ったりは……」

ごくり、と息を呑み身構える。

小原さんは速攻で『全然！』と言い切った。

『だって、話を聞く限り要くんはもう我慢は身についているじゃないですか』

「……あっ」

そうだと、すぐに思った。

もうこれ以上は我慢ができないから、心を守るために学校をお休みしているのだ。

私は弱気になり、要に寄り添えないでいてしまった。

隣に、場合によっては前に立っていかないといけない存在なのに。

「……うんと先のことを、心配しすぎていました。要にはなるたけ苦労なんてして欲しくないのに、足りないと不安になるなんておかしいですよね」

『親ってそういう生き物ですから、おかしくないですよ。小学生のうちは、大体一ヶ月先に、子供が笑っていられるような生活を想像して実行していればいいんです』

そのうち子供が中学生になったら、加速をつけてスピードを上げて、こっちなんて振り返らないでどんどん自分の世界を広げていきますよ！と小原さんは力説する。

要も、そうなんだろうか。

中学生になる頃、要が好きな世界が側で広がっていたらどんなにいいだろう。

飛行機が好きだから、毎日飛行機が眺められる空港のそばに引越してみるとか？

親戚付き合いもあまりなく、実家もすでに売却済みだ。小学校はたまたま学区内だったから通わせていただけで、こだわりはなにもない。

ここにいなきゃいけない理由が、ないのだ。

「わ、なんか元気出てきました。要が行ってみたいところに引越しするのも、良いんじゃないかと思いはじめています」

『良かった！　引越し先が決まったら、住所教えてください。子供たちから高坂先生宛に届くお手紙の転送をします。あっ、それと引越し先では早めにネット環境は整えてくださいね！　いただいてる原稿を戻しますので！』

小原さんのお尻を叩くような矢継ぎ早な言葉に、思わず笑ってしまう。

気持ちが前向きになってきたところで、お礼をまた伝えて通話を切った。

時刻は二十三時。小原さんを遅くまで付き合わせてしまった。

スマホを仕事机に置き、ベッドに寝転がる。

真っ白な天井をじっと眺めながら、新しい方向とそわそわした気持ちに身を任せた。

「要が負担に感じないよう、さりげなく引越しを提案してみよう。好きなところ、なんて言って海外を希望にあげられちゃったら……それはそれでアリかも」

英語塾に通っている要の方が、きっとうまく海外の環境に馴染《なじ》むかもしれない。

それに新天地は、『サラシリーズ』の新たなネタを肌で感じられて私にも良い刺激になるだろう。

すっかり海外に移住するつもりで、私は『サラシリーズ』の構想をひっくり返ったまま練りはじめた。

あれから数日後。要には学校を休むことは悪くないと話し、学年主任の先生には電話で事情を話しお休みを続けると伝えてある。

その間に具体的なシミュレーションを何度も頭のなかでこねくり回し、夕飯を食べ終わったタイミングで私は要にさりげなく聞いてみることにした。

食器を下げて、ひと休みしたら食洗機を回しはじめる。その真ん中のくつろぎの時間だ。

テレビではバラエティ番組が流れている。要の好きな衝撃映像を集めた番組で、先週から楽しみにしていたものだ。

蜜柑《みかん》を持ってソファーでくつろぐ要の隣に座る。蜜柑をひとつ渡すと、「ありがとう」と早速皮を剥きはじめた。

その横顔を見ながら、私は口を開いた。

「あのさ、いま引越しを考えてるんだ。色んな景色を見てみたいのと、ちょっと環境を変えたくて色々調べてるんだよね」

「ひっこし?」

えっ、と要が私の顔を凝視する。

「うん。でも要がここが良いなら、まだ先にするけど」

あくまでも、私の都合で引越しを考えていることを強調する。

要はパッと表情を明るくして、「どこに？　ともちゃん、ぼくたちどこにひっこすの⁉」と食い気味に返事を被せてきた。

ソファーからぴょんっと降りて、ええーっと言いながら跳ね回る。下の階に響くからと、私はそれを慌てて止めた。

しかしこの要の雰囲気や高揚は、引越しを受け入れている感じだ。よしよし、と言葉を続ける。

「せっかくだから、楽しいところが良いよね。今回は要に決めてもらおうかな？　好きなところに引越してみようよ」

「ええーっ！　いいの？　じゃあさ、東松島《ひがしまつしま》にいこうよ！　ブルーインパルスが見られるから！」

ブルーインパルス、たまにテレビで見かけるし、要からも最近ずっと話を聞かされていた。

確か、アクロバット飛行をする航空自衛隊に所属するチームの名前だ。

——航空自衛隊。私がいつまでも引きずっている、好きだった彼。時松くんも、航空自衛隊員になる進路をとっていた。

航空学生、といっただろうか。とにかく飛行機を操縦するための勉強をするのだと言っていた。

彼がいまでも自衛官を続けているかはさっぱりわからない。三十歳だし、もう結婚していても不思議ではない。

……それに、結局時松くんには、紅葉の死をいまだに知らせられないでいる。

いまさら聞かされてもやっぱり困るだろうし、紅葉と私を知る高校時代の友人たちの連絡先は、すべて消してしまっていたからどうしようもない。

「ともちゃん？」

要の声で、はっと現実に引き戻される。

「東松島、宮城県だね。いいじゃん！　私は要が海外に行きたいって言っても、そこに引越しするつもりだったよ」

宮城県なら、隣県だ。勝手にもっと遠くへ行くのだと思っていたから、隣県なんて気持ち的にはひょいっと引越しできるだろう。

実際は、めちゃくちゃ大変だろうけど。

「本当に、本当に東松島で部屋探しはじめるけど、いいね？」

更に念を押して確認すると、要は私に抱きついてきた。

「うん！　ともちゃん、ありがとう！　だいすき！」

楽しみになってきた～！と言って、早速調べるから！と要はタブレットを取りにいった。

なにを調べるんだろうと不思議に思ったけれど、とにかく要が喜んでいるのが嬉しい。

「……よーし、じゃあ前へ向かって頑張るか！」

景気づけの祝杯をあげるために、私は冷やした缶ビールを取りに立ち上がったのだった。

＊＊＊

俺が春の岩手に帰ってきた理由はひとつ。

どうしても、知葉に会いたかったからだ。

高校の同窓会の連絡が届いたのは、前年の冬のうちだった。

同窓会とはいっても、いまでも連絡が取れる人間同士を繋げていって、来られる人だけが集まり懐かしい話をしながら酒でも飲もうという誘いだった。

思いおこせば、卒業をしてから十二年は経っていた。

俺に最初にトークアプリのメッセージで同窓会があると連絡をしてきたのは、友人でも同級生でもなく実の姉だ。

地元、岩手で結婚して家庭を築いた姉が、偶然俺の高校の頃の友人とホームセンターで再会したらしい。

友人・神田《かんだ》は学生時代に俺の家に遊びにくることが多くて、俺の二歳年上の姉とも当時顔見知りだった。

姉はホームセンターで神田と話し、同窓会があること、だけど俺と連絡が取れないと聞かされ連絡先を預かってきたという。

『神田くん、きーちゃんに会いたがってたよ。トークアプリのＩＤを聞いたから、連絡してあげなよね』

名前が紀一郎《きいちろう》だから、姉は俺を昔から〝きーちゃん〟と呼ぶ。

『神田、東京に進学したからあっちで就職したのかと思ってた。帰ってきてたんだ』

『それは会ったときに聞いてみなよ。いま時松はなにしてるのって聞かれたから、きーちゃんはブルーインパルスのパイロットをしてるって言ったら、神田くんすごく驚いてたよ』

そんなやり取りのあと、姉から送られてきた神田のトークアプリのＩＤ宛に後日連絡を入れた。

神田の返信から、なかなか当時のクラスメイトたちと連絡が取れない状況なのを知った。

三十歳だ。

この年齢になれば、高校からの友人と繋がっている方が珍しくなる。

俺も卒業後に空自に入隊し、山口や小松《こまつ》、那覇《なは》とあちこちで勤務していた。

実際忙しさにかまけて連絡や帰省もせず、スマホが壊れ番号ごと新調してしまった俺は旧友との交流は皆無だ。

それに各自の事情で集まれない場合もあるだろう。家庭を持つ、進学で地元から出たまま向こうで就職して根をおろした人も多いだろう。

俺も、そのひとりだ。

今回の同窓会で顔を合わせられるクラスメイトは、どのくらいいるだろう。

――高坂知葉は、くるだろうか。

初恋の相手、そしていまでも俺の心にいる女性。告白をする前に避けられ続け、推定失恋のまま会えなくなってしまった相手。

健康で元気でいるだろうか。いい加減気持ちの区切りを付けるためにも、せめてそれだけでも知りたかった。

同窓会のある週末、隊に行動予定表を出し岩手に戻ってきた。昼間のうちに実家に帰り、車を置かせてもらった。

広報活動として全国あちこち飛ぶので、移動などを含めて日々忙しくしている。飛ばないときには入念なミーティングや、デスクワークが待っている。それらをこなすのに集中しているので、実家への連絡が疎《おろそ》かになってしまっていた。

久しぶりに帰った実家では母親には「もっと連絡しなさい！」と心配され、父親からは「動画配信でいつも見てるよ！」と励まされる。

元航空機整備員で、ブルーの整備にも携わったことのある父親は根っからの航空機好きだ。

連絡を疎かにしている息子の現状確認は、趣味を兼ねて動画配信からしているらしかった。

明日は姉家族を呼んで食事会だ。あまり飲みすぎないようにという声を背中で聞きながら、歩いて実家を出た。

本日、同窓会が開かれる場所は、クラスメイトだった奴が酒屋である実家のそばに構えたバーだった。

夜の寒空の下、人通りの少ない通りを歩く。何年も帰らないうちに空き店舗が増えていたようで、剥がれかけてボロボロになった〝テナント募集〟の張り紙が風に揺れる。

俺の学生時代には、もう少しはこの時間でも店が開き、人通りもあったような気がする。

妙にセンチメンタルな気持ちと、もしかしたら知葉がきているかもしれないという緊張。

でも、いなかったら？

神田に聞いてみたけれど、卒業後にはその姿を見かけたことはないらしい。

確か妹は上京していったけれど、知葉は残って進学したはずだ。そのままこっちで就職していれば、誰かとまだ繋がっている可能性がある。

仕事中には絶対にない、自分の心の揺らぎを感じてため息をついた。

そのバーは、昔喫茶店だったところを改装した店だった。

俺の記憶では店先に季節の花が咲くプランターを並べた昔ながらの喫茶店だったはずだが、いつの間にか閉店しバーに改装されたようだ。

バーに改装される前は、歩きながら見てきたテナント募集の張り紙がここにも貼られていたんだろうか。

黒を基調としたシックな外装には、喫茶店だった面影ひとつ残っていない。

ふと見えたその三軒先に、まだ明かりをともしている酒屋が見える。あれが同級生の実家だ。

木製のドアに手をかけ引くと、ドアに付けられたベルがチリンッと鳴る。

一歩足を踏み入れた店内は間接照明がきいた落ち着いた雰囲気で、居心地の良さそうなミドルカウンターの向こう側の酒棚にはずらりと数々のボトルが並んでいた。

天然木の一枚板のような長いカウンター。テーブル席は四席、シックにまとまっている。

お喋りを邪魔しない音量でジャズが流れ、会話に間ができても気まずくならなそうだ。

バーにはあまり行ったことはないけれど、ひと目でセンスの良さを感じた。

店内を見渡す俺に、注目が集まる。七、八人いる男女の顔をまじまじと見返して、すべてがクラスメイトだと気づいた。

「あっ、紀一郎だ！」

「時松、久しぶり！」

みんなが一斉に声を上げる。

そのなかに、知葉はいなかった。

姉に声をかけてくれた神田が、「こっちこっち！」と声を上げる。

ひっそりと肩を落としたことを悟られないようにして、俺は「久しぶり」とみんなに声をかけながら呼ばれた方に歩き出した。

みんなは着いた順に早速はじめていたようで、すでに真っ赤になって酔っている奴もいる。

呼ばれたテーブルには、神田ともうふたりのクラスメイトがいた。

カウンターに入っているクラスメイトでバーの店主が、「時松はなに飲む？」と聞いてくれる。

「とりあえず、生ビールかな」

「おっけー！」

十二年経っていても、ひと言交わせばすぐに時間が逆戻りする。

みんな大人になってるけれど、いまだけは高校時代に戻ったようなくすぐったさがあった。

「時松、ブルーインパルスのパイロットなんだよな！　すごいなぁ、確か親父《おやじ》さんもブルーインパルスのパイロットだったんだっけ？」

早速神田が昔の距離感で、明るく聞く。

神田の声は大きいので、店内の同級生の耳に入り「えーっ！　すごい！」と一斉に驚きの声が上がった。

バーの雰囲気には似つかわしくない大声だったが、貸切なのか他の客はおらず、カウンター内にいた同級生も驚きの声を上げたので心配はなさそうだ。

「いや、親父はブルーの整備員だったんだ。整備員もパイロットも、ブルーに関われるのは三年間だけなんだけどな」

パイロットは高度な操縦技術を求められるが、航空機整備員もまた同じだ。

彼らもまたパイロットと同じで、全国から選抜される。ノーマル機とアクロバット仕様機では細部が異なるため、ここにきて新たな知識や技能を取り入れていくのだ。

父親はブルーを心から愛している。

その姿、話を聞いていた俺はブルーに〝乗りたい〟と強く思うようになった。

格好いい父親の、自慢の息子になりたかったのだ。

「親子揃ってエリートかよっ！」

「いや、すごいのは父親の方。あの人にはいつまでも敵《かな》いそうにないよ」

ブルーの整備員を退いたあと、また元にいた基地に戻り、そのあと体調を崩したのをきっかけに退官した。

岩手に戻ってきてバイク屋を開き、たまに母親を後ろに乗せて遠出を楽しんでいる。

同級生たちは、普段あまり関わりの少ない自衛官という職業に興味津々だ。

どうやってブルーのパイロットになれたのか聞きたいと、俺の座るテーブルを酒を片手に囲む。身近に自衛官がいなければ、知る機会も少ないだろう。

ブルーインパルスのパイロットは広報も兼ねているので、簡単に説明をはじめた。

「俺が高校を卒業して、航空自衛隊に入隊したところまでは知ってるだろ？　それから山口の防府北《ほうふきた》基地で二年間の航空学生課程や基礎教育を終える。座学が多かったかな。そこから飛行幹部生になって二年間の飛行訓練を積んでパイロットの資格を得るんだ」

航空学生になるにはまず身体検査からだ。パイロットとして継続していけるかを身体面から見極められる。

問題が見つかり、ここで断念せざるを得ない場合も珍しくない。

無事に航空学生になり課程がはじまると、一年目は物理や数学、それから、倫理学や解析学の一般教養をしっかり身につける。

二年目になると航空・電子の工学、空気力学と専門性のある知識を学ぶ。

一方で遠泳や持久走、体操もあり体力づくりや維持も大切になってくる。

パイロット候補といえど、俺たちは自衛官だ。

射場での射撃訓練や、装備を背負った上での三十キロ徒歩行進訓練などもしっかりある。

冬の雪山でのスキー訓練では、ひたすらに露営のために雪を掘った。いつ、どこでも活動ができるようにと体に叩き込むとき、俺は自分が自衛官なのだと強く思った。

もちろん、この先必須になる英語力も常に上げていかなければいけない。

全員が英語能力テストを受験するのだ。

ついていけない、できない自分とも何度も向き合い、動かない頭や体を叱咤《しった》して食らいついていた。

「パイロットになるって、勉強が多いんだな。時松って高校のとき、めちゃくちゃ英語できたけど、あれは元々パイロットになるって決めてたから？」

「それもある。うちは父親が英語ができるから、子供の頃から教わってたんだ。隊でも使うから。それでも苦労はしたよ。それから資格を取ったあと、次は戦闘機パイロットの教育訓練を受けて那覇へ配属になった」

「えっ、ブルーじゃなくて？」

「まだなんだ。那覇で勤務しながら、希望を出していたブルーインパルスへの推薦を受けたんだ。整備員と同じで、ブルーのパイロットも選抜だから」

本人の希望、推薦、そして持ちうる高度な操作技術を持ってブルーのパイロットになれる。

「へぇー、そんなに大変なんだなぁ。映画みたいな別世界って感じがするよ。想像がつかないし、オレは英語さっぱりだからパイロットになるのは無理だな！」

神田が言い出すと、周りからも笑いが起きた。

航空自衛隊第十一飛行隊、通称ブルーインパルスのホームベースである松島《まつしま》基地にパイロットとして配属されて、毎日が夢のように忙しい。

だからこんな風に砕けて笑うのも久しぶりだけど、ブルーのパイロットとして身を引き締める。

「もし身近で自衛官を目指そうとしてる人がいたら、まずは自衛隊ってどんなことをするのか知ったり、相談できる場所もあるよって是非伝えて欲しい。同級生にパイロットがいるって話もしてな」

ニッと笑うと、「さすがパイロットだな！」と励ましをもらった。

盛り上がっているいま、俺もみんなに聞きたいことがあった。岩手に残っている同級生だからこそ、知っている可能性があるのだ。

あまり減っていない、薄いグラスにつがれたビールを二、三口喉に流し込む。それから、「あのさ」と切り出した。

「高坂知葉……知葉っていま、どうしてるか知ってる人いる？」

知葉の名前を出すと、一瞬みんなは「誰か繋がってる？」と顔を見合わせた。その仕草だけで、今晩は収穫なしかと肩を落としそうになった瞬間だ。

「高坂知葉って、美人な双子でちょっと有名だったよな。大人しくて、あんまり男とつるんでる感じじゃなかったけど、時松はよく一緒にいた」

同級生が続けて「ほら！」と言ったことで、ぼんやりとした皆のなかの知葉の輪郭がはっきりとしてきたようだ。

「付き合ってたんじゃないの？」と聞かれ、首を横に振る。

俺は、知葉のまとう落ち着いていて、清浄な空気が好きだった。

どこか遠くを見る白い横顔や、俯くと影を作る長いまつ毛に縁取られた大きな瞳が好きだった。

……避けられても、あのとき気持ちを伝えるべきだったんだと胸が苦しくなる。

「思い出した！　妹がちょっと派手目だったけど、一年の終わりくらいからお姉ちゃんの知葉と同じ落ち着いた見た目になったんだよね。元々そっくりだったのに、更に見分けがつかなくなってさ……」

するど、また声が上がる。

「あれね、たちの悪い先輩に高坂さんが付きまとわれてたんだよ。それで妹の紅葉ちゃんが、お姉ちゃんだけを狙われないようにしたいってああしたって聞いたわよ」

紅葉が知葉をとても慕っていたのは、俺も知っている。

だけど、先輩にまとわりつかれていたのは知らなかった。知葉とは三年のクラス替えで一緒になってから親しくなったけれど、そんな目に遭っていたなんて……。

悔しくて、ぎゅうっと拳を膝の上で強く握る。

「高坂姉妹って、なんだか不思議な雰囲気だったよな。近寄りがたい訳じゃないけど、一緒に騒ぐタイプでもなかったし」

俺以外の皆が一斉に首を縦に振るなか、そこに知葉の新たな話が飛び込んできた。

「確か何年か前に病院で見かけたよ、子供抱っこしててさ。でもあれは知葉かはわからない、妹の方だったかも」

そう言ったのは、カウンター内で自分も飲んでいたこの店のオーナーで同級生の奈《な》良《ら》だ。

俺はテーブル席から、カウンターにすぐに移動する。一枚板の立派なバーカウンターは、シミひとつなく磨き上げられ間接照明の光でほのかに輝いていた。

「……子供抱っこしてたって、本当に？」

見間違いであって欲しいと、願いながら聞いてみる。

「うん。そんなに歳はいってない、小さい子だったよ。知葉を見かけたのが久しぶりすぎて声をかけられないまま、そのうちいなくなっちゃったけど」

——子供、知葉は結婚して子供もいるのかもしれないのか。

予想していなかった訳ではないけど、実際に聞いてみると胸にくるものがある。しかし、知葉の妹・紅葉の可能性も捨てきれない。

「あぁー、思い出してきた。時松って高坂知葉と仲良かったよな。そんなに気になるなら、連絡してみれば良かったのに」

奈良が、酔ってニヤニヤしながら俺を見る。

「……した」

「えっ？」

「……航空学生課程が終わって少し経って、思い切って連絡してみた。けど繋がらなくて……」

避けられていたけど、未練がましく声だけでも聞きたかった。

ケンカした訳でもなく、泣かしたこともない。割と喋る仲だったのに突然避けられ続けたけれど、卒業して数年経ったあとなら話せる気がしたのだ。

結果は、話すどころか携帯は解約されているようで繋がらなかった。

俺の言葉に、テーブル席にいた神田もカウンターに移ってきた。俺の隣に座り、生ビールを注文している。

「オレ、あの双子の家を知ってる親戚がいてさ。双子って隣の市から電車で高校に通ってたんだよな。結構前だけど、双子の母ちゃんが亡くなって家が売りに出てるよって聞いてた」

「……その話、本当か？」

高校時代、知葉から母親の具合が悪いなんて話は聞いたことはなかった。

「うん。なんか、母ちゃんが亡くなる前に妹が東京から帰ってきて、三人暮らししてたとか言ってたかな。父ちゃんの方はだいぶ前に亡くなってて、母ちゃんの通院とか双子のどっちかが付き添ってて……あー、だから病院に子供といたのか？」

「どういうこと？」

「その親戚がね、双子のどっちかに子供が生まれてたって言ってたんだよ。オレはもう卒業してから結構経ってたし、双子と元々あんまり交流もなかったから聞き流してたんだ。で、母ちゃんが亡くなって実家が売りに出てるって親戚から聞いて、そこだけ頭に残ってた」

双子はどこいったんだろうな、と、神田は今度はふざけずに真面目なトーンで言った。

親の介護、子供、実家の売却。すべてでなくても、どれかが神田の心に引っかかったのだろう。

それからなんとなく新しい話題に移り、久しぶりの同窓会は穏やかに終わった。

ここでは、今の知葉の情報を得ることはできなかった。

もう、いい加減忘れる努力をはじめるべきなんだろうか。

高校時代、妹の紅葉に知葉を好きな気持ちがバレたとき。

紅葉は何度も俺に、知葉を泣かせたら絶対に許さないと言った。もちろん泣かす気はなかったし、泣かせたら殴ってくれてもいいと約束していた。

――あの頃から俺は知葉と、これからも一緒にいられたらと願っていたんだ。

知葉の視線が真っ直ぐに自分に向けられた日のことを、いまでもはっきりと覚えている。

高校三年の春。いよいよ進路を強く意識する学年になり、一方でこれが最後の高校生活になるのかと皆が意識しはじめた春だ。

麗《うら》らかな陽気と、初々しい新入生。ついに最上級生になり、新しいクラスメイトと教室にそわそわと落ち着かない俺たち。

新たにスタートした生活に、胸が騒ぐそんな季節。

いまではもうにわかに信じられないことだけど、この頃一時的に俺の両親は結構険悪な状態だった。

岩手に家族を残し、自衛官として単身赴任していた父親。外泊が多くなった短大生の姉と、進路について意見の合わない俺をひとりで抱えていた母親。

あの頃母親は、俺が自衛官を志望していることに賛成しきれないでいた。

進学の道もあるよと示す母親に、思春期ゆえの薄っすらとした苛立《いらだ》ちを感じていた。

それをきっと感じ取っていた母親としては、父親に話したいことや相談したいことが当時山ほどあったのだろう。

ふたりで作った子供なのだから、当たり前だ。

自分の子供なのだから、もっと真剣に向き合って欲しいと、電話口で訴える姿を何度も見ていた。

父親は父親で、働いて家族を養っているという自負と自信があったのだろう。自分の生まれた地元に家を買い自分は単身赴任をして生活費を稼ぎ、父親としての責任を全うしていると。

だから子供のことは、自分の妻にほとんど任せ切りだった。

家族の小さな不満、主に母親の不満が積もりつもって、家庭内の雰囲気はあまり良くなかったのだ。

俺のなかでも、払おうとしても消えない煙のように、モヤモヤと不安や不満がまとわりつく。

友達に話をしようとしても、こんなことは他人にしたら些細なことではないのかと言い淀《よど》む。

外から見れば、うちは一般的な家庭だ。

四人家族、持ち家、食べるのには困らない程度の中流家庭。これで『家族の仲がギクシャクしている』といっても、説得力みたいなものにいまいち欠けている。

だから、誰にも話せない。どうしたらいいのかも、わからなかった。

学校が終わると、家に帰りたくない俺は放課後に図書室へ寄るようになった。

学校の図書室は広くて、試験前には勉強スペースを求めて結構人がくるけれどそれ以外の日は静かなものだった。

カウンターには図書委員がひとり座っているが、先生が見当たらないのをいいことにスマホをこっそりいじっている。

まだ四月。図書室を利用する生徒は今日は特に少なくて、見渡してみても二、三人くらいしか見かけない。

校庭から野球部の掛け声が微《かす》かに聞こえてくるだけの静かな図書室は、まるで学校から切り離された孤島のようだった。

勉強する訳でもなく、かといって本を読む訳でもないけれど、ただ時間をやり過ごす居場所が欲しかった俺には、その孤島の存在はありがたかった。

適当な本を一冊選び、席につくと適当に本を開く。ずらりと並ぶ文章を頭には入れずに、文字の向こうにある真っ白な世界をぼんやりと眺める。

……きっと今晩も姉は帰ってこないから、母親は心配から苛立つだろう。父親からは、母親から連絡をしない限り電話なんてかかってこない。

俺が部屋にこもると母親は多分ひとりで泣くから、できるだけ話を聞いて、イラッとしても顔に出さないようにして……。

帰宅したあとの自分の行動をシミュレーションして、勝手に疲れる。

いっそ姉のように、逃げ出せたら……。でもそうしたあとで、絶対に後悔するのがわかっているからできない。

行くあてもないから、遅くなっても大人しく家に帰るしかないのだ。

ため息を吐いて頭をがしがしかいて、ほとんど人がいないのをいいことにため息を吐いて机に突っ伏した。

一応眠らないように、耳を澄ませて気を張る。

そうしてこのまま図書室ごと、どこかに飛んでいけばいいのになんて空想する。

北海道、沖縄、尾道《おのみち》にも行ってみたい。

すると、近くに微かな人の気配。突っ伏したまま一瞬身構えた。

『……時松くんだよね、大丈夫？』

その声で名前を呼ばれたのは、はじめてだった。

人と話す気分ではなかったのに無視をするほどの勇気はなくて、俺はゆっくりと顔を上げる。

突っ伏していた机の向かいに、同じクラスになった女子がひとり立っていた。

白い肌、セミロングの髪が夕方の陽光に透けて、ふんわり光って見える。

心配そうにこちらに向けられた大きな瞳は、俺と目が合うとたじろぐ。

『あの、』と小さく開いた唇の横にあるホクロが印象的だ。

『……えっと、コウサカさん？』

確か、コウサカさんて名前だった気がする。

怖がらせたつもりはないけれど、怯《おび》えられると気を使う。俺は体が大きいし、普段はこんな姿は見せないから驚かせてしまったかもしれない。

『うん。同じクラスの高坂知葉です。あの、体調悪い？　大丈夫？』

机に突っ伏していたからか。わざわざ放課後に図書室まできて、本も読まずに勉強もせずにいる奴なんてあんまり見ない。

俺は自分が体調を心配されているのだと気づいて、『あ〜……』と呟いた。

じっと、高坂さんが俺を見ている。

俺もなんだか視線が外せなくて、見つめ合う。

高坂さんの物静かな雰囲気、純粋に心配してくれたろう気持ちと行動が、俺の張り詰めた心をそのときふと緩めた。

『……ありがとう。平気。家に帰りたくなかっただけ』

するりと、不思議なくらい自然にぽろっと言ってしまった。

高坂さんはそれを聞いて、ちょっと驚いた顔をした。そのあと、柔らかな気を使うような声で『……そういう日もあるよね』と言った。

高坂さんにも、そう思う日があるんだろうか。

素直に、帰りたくなかったと言えたからか、高坂さんにもそういう日があるのかと聞きたくなった。

なにかお互いに共通する繋がりが欲しかったのだと、いまならわかる。

『高坂さんも、帰りたくない日とかある？』

俺に質問された高坂さんは、大きな目を更に見開いた。そうして、少しだけ考えこんで答えた。

『ある……お母さんとケンカしたときとか。あとは家が遠くて、家が迎えにきてくれないと帰れないってくらい疲れてるときとかも』

『お母さんじゃなくて、家が迎えに？』

『そう。だってお母さんに疲れたから迎えにきてなんて言ったら、叱られるでしょ？　なら家に足が生えて学校まで迎えにきて欲しい。いっそもう学校に泊まりたい……』

大人しく見える高坂さんが、意外にもいまは饒舌《じょうぜつ》なので今度は俺が驚いた。

『高坂さん、もしかして疲れてる？』

『……うん。まだなんとなくクラスに馴染めなくて毎日緊張してるし、紅葉はまだ委員会が終わらないしで……』

紅葉、と聞いて、高坂さんそっくりの隣のクラスの女子を思い出す。きっと一緒に帰るために、図書室で妹を待っているんだろう。

『なら、とりあえず座る？　えっと、妹待ってるんでしょ』

『ううん。時松くんの邪魔になっちゃうから』

『邪魔じゃないよ。高坂さんがいてくれた方が、気が紛れるから』

高坂さんは、こくりと頷いて俺の向かいに静かに座った。

本当に疲れているらしく、さっきの饒舌はどこへやら今度は黙りこくってしまった。

『高坂さん、なにか喋ってよ』

人はまばらだけど、一応図書室なので小声で話す。

『……ご、ごめんなさい』

『どうしたの？』

『私、いきなり話しかけて喋りすぎちゃった上に、居座ってる。すっごい疲れてて、頭が回らなくなってた……』

白い頬っぺたを今度は真っ赤にして、今度は俺と目を合わせない。

『仕方がないよ。高坂さんの家が学校まで迎えにきてくれないんだもん』

小さく笑うと、高坂さんは『もう、忘れて』とものすごく恥ずかしがる。

不思議な時間だった。

あんなに心がモヤモヤしていたのに、高坂さんから面白い話を聞いたら少し晴れた気がする。

こんな真面目そうな人でも、思わぬことを考えているんだなと、さっきまで図書室がどこかに飛んでいかないかと空想していた俺は親近感が一気にわいた。

それにはじめて会話したのに、気負わず自然体で話ができた。

帰るのが憂鬱だったけれど、心が軽くなったぶん、いつもより早く前へ足が進みそうだ。

『高坂さん、心配して話しかけてくれてありがとう。今日は楽しい気持ちで家に帰れそう』

『……それなら、それなら良かった。けど、さっきの話は忘れてね……！』

『もったいないよ、せっかく元気もらったのに。これから、クラスでも普通に話しかけてもいい？』

『えっ……うん』

高坂さんは真っ赤なまま、頷いてくれた。

そのあとすぐ、委員会から帰ってきた高坂さんの妹に『知ちゃんに馴れ馴れしくしないで！』といきなり言われて驚いたのはいい思い出だ。

時刻は二十二時。二次会の誘いをやんわり断って、バーを出てみんなとは別れた。

街灯がぽつりぽつりとともる道を、ほろ酔いで足を取られないようにゆっくりと歩く。

まだ冷たい風が、火照った頬をかすめる。

知葉は、元気にしているんだろうか。

足を止め乾いた夜空を見上げて、ため息を吐いた。

＊＊＊

要が二年生に進級するタイミングで、私たちは東松島市へ引越しをした。

前の学校での先生たちを交えた話し合いでは、引越すと決めていたから冷静なままで思ったことを言えた。

転校する最後の日には、しつこくしていた子から謝罪があったと要に聞いて、私たちはすっきりした気持ちのまま岩手をあとにできた。

東松島は仙台《せんだい》市や石巻《いしのまき》市のベッドタウンらしく、交通のアクセスがとにかくいい。東京へも三時間ほどで行けるらしく、小原さんからは『今度要くんも連れて、小旅行がてらに東京へ打ち合わせにきてください』と言ってもらった。

それにのんびりとした雰囲気で、新たに生活をはじめるにはとても良いと感じている。

驚いたのは、ブルーインパルスが日常的にパフォーマンスの練習のために空を飛んでいることだ。

要はものすごく興奮して、「ひっこしをして良かった！」と遠くのブルーインパルスに向かって叫んだ。

要から話は聞いていたが、イベントでもない日にふと空を飛んでいるのを見つけると本当にびっくりする。

……初恋の時松くんも、どこかの空で飛んでいるのかと思うと思わず見入ってしまうのだ。

もちろん坂田さんにも連絡を入れて、引越しの理由と心配はしなくて大丈夫だと伝えた。かなり心配をしてくれたが、要からも説明があり納得してくれたようだった。

要はタブレットで東松島市をよく調べて、私に色々な情報をくれた。

ブルーインパルスが飛ぶ松島基地、そしてなにより俳句にも詠まれた奥松島《おくまつしま》もあり、絶対に見に行きたいスポットになった。

そのおかげで、引越しもますます楽しみになったのだ。

しかし隣県なら引越しも簡単、と実家の片付けを経験したことでそう思ってしまったのは大間違いだった。

実家に長くあるものをひたすら処分するのと、これから成長していく要と暮らすために生活を一から整えるのは次元が違っていた。

岩手で暮らしていたマンションと同じ、リビングと要の部屋、それに私の仕事場兼私室。

最低でも2LDKは必要で、それにこの際だからと要のベッドも大きなものに変えたかった。

心機一転するならと家電も検討し、念願だったドラム式洗濯機の導入を決めたときには夢に「良かったね！」と紅葉が出てくるほどだった。

車で県を越えマンションの内見、契約を要とこなしながら家具量販店へも向かい、たくさんのものを清水《きよみず》の舞台から飛び下りる気持ちで購入を決めていく。

私と要の暮らす新たな部屋は、ふたりの気に入ったものを並べた。

そうして要の通う予定の小学校にも近く、大きなスーパーもあるマンションで新しい暮らしがはじまった。

新学期登校初日、要と一緒に見た小学校の光景は多分一生忘れない。

桜の木の枝にはこぼれんばかりに薄桃色の花が咲き誇り、思わず足を止めて見入ってしまう優雅な美しさ。

風が吹けばちらりと光り散る白い花びらが幻想的で、落ちる先まで見守ってしまう。

まるで、新しい生活に一歩踏み出した要を迎えてくれるかのようだ。

私に連れられた要を見た子供たちは、転校生かな？と表情に浮かべたあと笑顔で「おはようございます」と挨拶をしてくれる。はじめは照れくさそうな要だったが、そのうちに自分からも挨拶をはじめた。

隣でそれを見ていて、ふいに涙がじわりと込み上げた。

これは私が要にしてあげられることと、要の決断の結果だ。

生きていくなかで、重要な分岐点がいくつもある。今回の転校や引越しも、分岐点だった。

正解か間違いだったかは、数年しないと正直わからない。

数年後。この分岐点を振り返ったとき、こうして本当に良かったと思いたいと強く願う。

天国の両親、そして紅葉も見守ってくれているだろう。だめ出しは、うんとあとで受けるつもりだ。

胃が毎晩痛むほど心配をしたけれど、この引越しはいまのところ大成功だったらしい。

初登校を終えた要は「楽しかった！」と明るく笑い、「この学校のとしょしつにも、ともちゃんの本があってうれしかった」と報告をしてくれた。

「ほんと!?　やった、嬉しいなぁ」

「でもね、いっさつずつしかなくて、みんなじゅんばんをまってるんだって」

人気のある児童書でも、限られた予算のなかではシリーズで一冊ずつしか置かれていない場合もあると聞いたことがある。

子供たちが編集部宛に送ってくれる感想の手紙にも、貸出の順番を待ちやっと読めたという内容もあった。

市の図書館でも順番待ちで借りられず、誕生日プレゼントやお年玉を使い買ってくれることもある。

本が売れるのはありがたい。私や要の飯の種だ。けれど、読みたい本がいつまでも読めずに諦めた気持ちも知っている。

私も図書室での貸出の順番待ちの、もどかしさはいまも忘れずに覚えている。

どうしても待ちきれなくて、自分で続きを想像しながらノートに文章を綴ったのが創作のきっかけだったからだ。

何度も何度も書き直して、夢中で綴った。

そうしないと頭のなかがパンクしてしまうと思うほど、物語の世界は果てなく深く広がっていく。

いま思えば、つぎはぎだらけの酷い文章だったと思う。けれど私の心の真ん中に、それはいまも大切なものとして居続けている。

「続きが読みたい！」と言ってくれた紅葉の言葉が、私の将来を照らす大切な明かりになった。

翌日私は学校に連絡を取り、図書室への本の寄贈を申し出た。

書き上げた作品は、献本というかたちで発売月に私の元へ届く。一から書きはじめた作品がたくさんの人に関わってもらい、一冊の本になる感動はひとしおだ。私の場合は四六版サイズがほとんど、それが毎度十冊ほど送ってもらえる。配達員の方から受け取るときには、ずしりとした重さがまるで赤ちゃんのようだと思っているのだ。

その本は一冊は仕事場の本棚におさめるけれど、残りはしまってしまうのがほとんどだ。

そんな本を処分してしまうのも忍びなく、新たな引越し先へも持ってきていた。出版元からいただいた献本が何冊もあるので、もしご迷惑でなければ寄贈して子供たちに読んで欲しいとお願いをした。

担当の先生は快く話を聞いてくださり、寄贈の申し出を受け入れてくださった。

自著の他にも低学年、中学年、高学年の子供たちに喜ばれそうな本を購入した。箔《はく》を押した装丁の美しいもの、短時間で読める十代向けの短編集、有名イラストレーターの画集などを選んだ。

紙とインクの香りに包まれた書店でゆっくり本を選ぶのは久しぶりの贅沢《ぜいたく》な時間で、私はじっくりと本を見て回りリフレッシュができた。

それらの本をページが折れないよう丁寧に梱包し段ボールに入れ、車に積み込み小学校へ持っていった。

待っていてくれた先生に、普段は編集関係の方々にしか渡す機会のないペンネームの名刺を渡し、怪しい人間ではないことを再度説明する。

先生は今回の寄贈や作家である私のことを子供たちに話したいと言ってくれたけれど、私のことは丁重にやんわりと伏せて欲しいと頼んだ。

数日後には、学校の図書室には寄贈した本が並べられたようだ。

昼休みには図書室は賑わっていたと、要が教えてくれた。

マンションの近くの家に咲く、梔子《くちなし》の白い花から甘い香りが漂う七月。

日曜日だ。近くの公園で、私は要の自転車の練習に付き合っている。

人が多かったらまた別の場所に移動しようかと思ったけれど、今日は日差しが強いせいか遊びにきている親子がひと組木陰の下にいるだけだ。

ついに、要の自転車の練習をはじめた。

小学校でできた友達と遊ぶのに、自転車が必要になったのだ。

自転車の練習はいつか、そのうちと思っているうちに、要は二年生になってしまった。

もうすぐ突入する夏休みを前に自転車に乗れるようになっておきたいとの要の希望で、この週末に練習を開始したのだ。

前日の夕方、ホームセンターの自転車売り場で親切な店員さんのアドバイスに従い要の身長に合った自転車と、ヘルメットと膝あても購入した。

そこでたまたま会った要のクラスメイトのお母さんと立ち話になりドキドキしたが、その子も絶賛自転車の練習中だという。

きっと乗れたら乗れたで、今度は心配が尽きなくなるとそのお母さんはため息をつきながら笑う。

相変わらず親しいママ友はできないが、こうやって顔を合わせれば軽い世間話ができる人に恵まれた。

空に映えるブルーインパルスの姿も、見入ってしまうほど大好きになった。

ハラハラ、ドキドキと毎度見守っているけれど、ブルーはいつも大迫力と繊細さを見せつけてくれる。

その姿はいまは見えないが、要は練習をたまに中断して、ひたすらに青い空を切るように飛ぶブルーの姿を見上げ思っているようだ。

今日の練習では、二、三度派手に自転車ごと倒れながらも、諦めずにまた自転車にまたがっている。

「パイロットは、いつもいつも、いっぱいれんしゅうするんだよ。だからぼくも、がんばる」

ヘルメットの下から見える真剣な眼差《まなざ》しは、いつか夢を話してくれた時松くんに似ていて。

私は思わず、懐かしい気持ちが込み上げてきてしまった。

「……私と紅葉の高校の同級生にも……航空自衛官になるって言ってた人がいたんだよ」

「すっげー！　なれた？　じえいかんに！」

一瞬、言葉に詰まってしまう。時松くんは卒業後に山口に、勉強しに行くんだってと紅葉からは聞いていた。

それからのことはわからないけど、時松くんならきっと夢を叶えているだろう。

「高校を卒業してからはわからないんだけど、きっと立派な自衛官になったと思う。

みんなに優しくて、いい人だったんだよ」

目が合うと、ふっと目を細める時松くんの、懐かしい制服姿が頭に浮かぶ。

十二年変わらない姿で、私の心に囚われたままの初恋の姿だ。

だけど、最近では時松くんがどんな声だったのかはっきりと思い出せなくなってきた。

名前を呼ばれると、心臓が暴れ出しそうになるほど嬉しかったのに。

……こうやって少しずつ、ゆっくり緩やかに初恋は息を止めていくんだろうか。

「ともちゃん？」

要の声で、自分がぼうっとしていたのに気づく。

「わ、ごめんっ！　暑いからちょっと休憩しようか、水分とろう？」

「わかったー！」

要は自転車を押して、木陰のひとつの下に入り休憩になった。

ベンチはないので、ふたりで立ったままだ。

持参した水筒から、要がごくごくと冷えた麦茶を喉に流し込む。私は自分の首筋に流れる汗を拭き、要にもスポーツタオルを渡した。

しばしの休憩だ。

眩しい日差し。少し蒸し暑いけれど、木陰に入ればわずかに吹いた風でも火照った体を冷やしてくれる。

七月というのもあり、どこかで蝉《せみ》が鳴いている。夏は賑やかなイメージがあったけれど、その隙間に落っこちたような静けさだ。

ふたりで、黙ったまま。要のスニーカーが、じゃりっと砂を踏む音がする。

あっちの木陰にいた親子がシャボン玉をはじめて、私たちはふわふわと光を透かす透明の玉を眺めていた。

「……ぼくね、来月のあくしゅかいで、じてんしゃにのれるようになったってパインさんに言いたいんだ」

「ぱ、パインって？」

頭のなかに、パイナップルがゴロゴロ転がる。

「ぼくのすきな、ブルーのパイロットさんのあいしょうだよ。パイロットにはあいしょうがあって、それでよびあうんだって」

パインさん。パイナップルが好きなんだろうか。そのパインさんに報告したいのもあって、要は自転車の練習を頑張りたいのか。

「きっとさ、パインさんも練習しててすごいって言ってくれるかもしれないね」

「そうかな～、すごいって、いってくれるかなぁ」

要はパインさんにそう言われている自分を想像したのか、「ひょえ～っ」なんて堪《たま》らずに声に出した。

「あくしゅかい、あしたあくしゅかいにならないかな！」

「明日は学校でしょ、明日になったら行けないよ」

私が笑うと、要も「そうだった」と言って大笑いをした。

握手会とは、来月開催される東松島夏まつりというイベントのなかで行われる、ブルーインパルスのパイロットたちとの握手会だ。

要から聞いて驚いたのだけど、ブルーインパルスのパイロットは広報も兼ねているため、こうやって握手会などもあるというのだ。

だから社交的、それに爽やかさもパイロットの選考に含まれるのだと要の言葉で一生懸命に教えてくれた。

ネットではファンに撮影された数々の機体およびパイロットの写真や動画があるらしいのだけど、私はなんとなく時松くんをそのなかに探してしまいそうで……見ることができないでいる。

居る訳がないのに。

「ともちゃんは、こんどはここで見てて」

要が側に停めていた自転車を押して、木陰から早歩きで飛び出していく。

サドルにまたがり、両足で地面を蹴ってバランスを取るところから練習を再開した。

紅葉は運動神経が良かった。要もその傾向があるので、あと数時間もしないうちに自転車に乗れるようになる予感がする。

さぁっと風が吹いて、要の着ているTシャツの背中が膨らむ。

眩《くら》むような陽光のなかで、要の足元から上がる砂ぼこりが消えていくのをいつまでも見ていた。


夏休みに突入し、毎日家庭で小学生の宿題をみるのも二年目に入った。

宿題ドリルに読書感想文、絵画に自由研究。また新たな英語塾にも通いはじめたので、要はなかなか忙しいスケジュールを送っている。

私も原稿仕事などがあり、リビングに集まり無言で励まし合いながらお互いのタスクをこなす日々だった。

小腹が空《す》くと、スーパーへおやつを買いに出かけようと要から誘われる。

自転車に乗れるようになった要は、とにかくどこへでも自転車で行きたがる。なので、細心の注意を払いながら、その後ろを早歩きでついていく。

へとへとだ。暑いから体力がより削られるし、なにより私は三十歳。アラサーだ。

しかも座り仕事で、運動不足ときた。

これは痩せるのでは？と思っていたけれど、スーパーで買うアイスや揚げ物が余計に美味《おい》しく感じていまのところプラスマイナスゼロだ。

親子のようで、友達のような、そんな要との暮らしは穏やかだ。

ここに引越してから、要はぐんと成長した。背も伸びたし、できることが多くなった。

心配した友人関係も良好なようで、約束通り自転車で友達と公園で待ち合わせし、その子のお家でカードゲームで遊んだという。

この夏から、出かけるときには必ず持ち歩く約束で子供ケータイを持たせているけれど、心配で何度も位置情報を確認しまくってしまった。

仕事も手につかず、慣れるまで私の方が大変だとわかってしまった。

いつか要が成長して自立する姿を想像すると酷く寂しくなる。けれど心霊番組が好きなくせに観た夜にひとりでは寝られないうちは、まだまだ世話を焼いてあげられるだろう。

心配は、きっといつまでも、私が要の親である限り一生付き合っていくんだろう。

そんな夏休みを送り、二学期もはじまるかという頃。

ついにやってきた東松島夏まつり。快晴で、とにかく暑い。

これは松島基地航空祭の前日に行われるお祭りだ。

通りを一部通行止めにして、そこがメイン会場になる。調べてみたところ、イメージカラーがありお祭りに参加する人に青いものを身につけるようにと呼びかけられていた。

御神輿《おみこし》の練り歩きや綱引き、パフォーマンス、夜には花火などがあり、地域の親しみやすいお祭りといった印象だ。

二日目の航空祭は基地開催で、こちらは朝からブルーインパルスが訓練飛行や展示飛行をするという。

二つとも大変人気のあるお祭りらしく、ツアーを組んで遠くからブルーを見学にくる人々も多いみたいだ。

一日目の東松島夏まつりでは午後にブルーの飛行があり、パイロットの握手会が行われる。

前情報だけで楽しい雰囲気なのがわかり、出店もあるというのでとても楽しみだ。

お昼少し前に乗り込んだ電車は、これからお祭りに行く人々で混雑していた。

たった二駅、時間で五分。距離にして三キロを電車に揺られ、目的の矢本《やもと》駅に到着すると、どっと人の波が流れだす。要とはぐれないように気を配りながら、矢本駅のホームへ降りた。

こっちに引越してきて、実はまだ松島基地周辺にはきたことがなかった。

忙しいのもあったけれど、行き方を覚えた要がひとりで万が一にでも飛行機を見に行ってしまうのを心配していた。

こちらでの生活や学校にもすっかり慣れたいま、子供ケータイを持ったことで私と一緒ならと解禁になった訳だった。

東松島市は高い建物があまりなく、この矢本駅も一階建ての駅舎になっていた。

自動改札を抜けると、真っ直ぐに延びた一本道を人々がぞろぞろと進む。

この日のために青い帽子を新調した要が、「ふぉぉ～っ」と興奮気味に声を上げた。

「この道がね、ブルーインパルス通りっていうんだよ！　マンホールのふたもブルーインパルスのデザインになってるんだよ。ふるさとのうぜいの、お返しにもなってるんだって」

「えっ、返礼品がマンホールの蓋？　小さなレプリカとかじゃなくて？」

要が私を見上げて、ニヤっと不敵な笑みを浮かべる。

「うん。ほんもの。青いの」

茹《う》だるような暑さで、一瞬聞き間違いかと思ったけれど、お祭り会場の熱気を体感して嘘ではないのだと確信した。

とにかく青い。お祭り会場、いや、矢本駅に降りたときからやたらと青いものが目に飛び込んでくる。

ブルーインパルスを町や市が支えて応援しているのを改めて知った。

祭り会場になっている通りには、両側にずらりと出店が並んでいた。

建物の前、普段は何台も車が停められる駐車場のような広いスペースに立てられたテントは自衛隊のブースになっているようで、置かれた放送機材をチェックする隊員を人々が眺めている。

「ブルーのてんじひこうのあと、あのテントであくしゅかいがあるんだって。クラスの子も、なんにんもあくしゅしてもらった子がいた」

「じゃあ、今日その子に会うかもね。親御さんとくるだろうから、私も会ったら挨拶を頑張らなくちゃ」

口角をにッと上げると、要は「まだ会ってないよ〜」とおおげさに笑う。テンションが上がりすぎていて、なにが起きても可笑《おか》しいのだろう。

出店でかき氷や焼きそばなどを買って腹ごしらえしている間、要はそわそわしている。

「もうすぐブルーのてんじひこうだよっ！」

そう言ったすぐあと、これからブルーインパルスが展示飛行を行うと放送が入った。

周辺が一斉にざわめいて、みんなが空を見上げる。

筒みたいなものがついたカメラを構える人々も、家族連れも、グループも、私たちも真っ直ぐな道路から空を注視する。

「本当に、この上を飛ぶの……？」

すると、飛行機特有の空気を切り裂く音が微かに聞こえてきた。

「あっ！」

その方向へ目を向けると、豆粒ほどのブルーが轟音《ごうおん》と共に美しい隊形を保ったまま、スモークを引きながら飛んできた。

機体の腹が肉眼で確認できるほど高度で、私はこんなにも近くでブルーインパルスを見られるなんて想像もしていなかったから驚いた。

「かっ、要！　すごい、すごいよ！」

「わ、わ、すごい、わあー！」

キラッキラと目を輝かせて、要はブルーインパルスを必死に視線で追っている。

周囲の人々も同じで、あちこちから声援や感嘆の声が上がる。知らない人たち同士なのに、私たちは同じブルーインパルスを見上げて一体感が生まれはじめている。

私は日焼け防止のために被っていたつばの広い帽子を脱ぎ、眩しい光を思い切り浴びた。

それからはもう、夢のような時間だった。

あんな大きな機体に本当に人が乗り込み、最高の操縦テクニックを駆使して六機がギリギリの距離を保ってアクロバットな飛行をしている。

ドキドキとハラハラと、ものすごい爽快感と感動が胸をいっぱいにしていく。

言葉にならない声が漏れ、視線は空を優雅に飛び回るブルーインパルスから離れない。

要も同じようで、最後にはうっすらと涙を浮かべながらブルーインパルスを見送っていた。

……色んなことがあって引越してきたけれど、そう行動を起こして本当に良かった。

要がここにきたいと言ってくれて、心から良かった。

きっとこれから、ふたりで頑張っていける。

最後には盛大な拍手がわき起こり、私も要も手が痛くなるまで勇気をくれたブルーインパルスに大きく手を叩いた。


まだ感動と興奮をしたまま、握手会のはじまりを待つ。ブルーインパルスの展示飛行から、一時間と少し経っていた。

「要が推してる、パインさんに会えるといいね」

「うん……！　だけど、みんなすごいパイロットだから。パインさんがもしいなくても、だれにあえてもうれしい」

箱推し、というやつだ。でもその気持ちはわかる。あんな飛行を目の前で見たら、全員を推したい気持ちになるのもおかしくはない。

建物の日陰で待っていると、自衛隊のテントの前に列整理のロープが張られはじめた。

様子を窺っていた人々が、一気に並びはじめた。きっとファンや、このためにお祭りにきた人もいるのだろう。

とにかく人が、わっと集まっている。

握手会は、もうすぐはじまるのだろう。

「要、行こっ！」

「うん！」

長い列の後ろに、慌ててふたりで並ぶ。

すっかり私の方も盛り上がってしまっているようだ。

後ろにはどんどん列が長くなって、列を整理する人の呼びかけの声が響く。

先は見えないが、じり、じり、と着実に前に進んでいる。人の頭の波の先を観察すると、パイロットは横一列にいて、私たちはスライドしながら全員と握手できるみたいだ。

多分、と付け加えてから要に見える景色を説明すると、持っていたタオルで手や首筋の汗をしっかりと拭った。

ダークブルーのパイロットスーツ、同じ色の帽子を被ったパイロットたちがちらり、ちらりと人波のなかに見え隠れする。

どのパイロットも、次々に握手を求めてやってくる人々を笑顔で迎えていて――。

……その並んだパイロットのなかに、時松くんがいた。

ドクンッ！と心臓が一度大きく跳ねたあと、ドキドキドキドキと鼓動は強くなるばかり。

持っていたハンドタオルをぎゅうっと握り、見間違いかもしれないと目を凝らす。

どっと、額から汗が吹き出た。

時松くんだ。

どう見ても時松くんだ。

うんと逞《たくま》しく大人に、そしてものすごく更に格好良くなってる。

いま握手してる若い女の子なんて、嬉しさがこちらにまでわかるように全身で喜んでる。

え、このまま進んだら、時松くんと会ってしまう……？

そのとき、私は自分の勘違いに突然気づいた。

「か、要。あのさ、パインさんてもしかして、苗字《みょうじ》に松の字が入ってる……？」

「はいってるよ、三番機パイロット、ときまつきいちろうさん」

「……あぁー、そっちのパインかぁ～……。すっかりパイナップルが好きな人かと勝手に思ってた。パインさん、握手会にいるよ」

「やった～！　じてんしゃのこと、いわなくちゃ」

要は「よし、よしっ」と喜びを噛み締めている。

松は英語でpine、愛称の由来は多分パイナップルからじゃなさそうだ。

さて、どうしよう。

逃げ出したい気持ちでいっぱいだけど、ひとりこの列に要を置いていく訳にはいかない。

まだ焦ってドキドキと心臓は鳴っていて、昔のあの切ない気持ちまで思い出してきてしまった。

そんな私の思いは知らないとばかりに、列は確実に進んでいく。

次々と時松くんは笑顔で握手をこなしていく。小さい子供にはかがんで目線を合わせて対応しているのを見て……。

時松くんもこのくらいの子供がいてもおかしくないんだと思ったら、冷や水を頭からかけられたように妙に冷静にもなってきた。

赤くなってキョロキョロしたり、すん、と真顔になったり、要からは私の顔はずいぶん忙しく見えただろう。

複雑な感情は一瞬で嵐のように巻き上がり、ひとつの答えだけを残していった。

気づかれたら、挨拶しよう。

気づかれなかったら、それでよしとしよう。

ずっと高校生のままで目に焼き付いた時松くんの、大人になった姿が見られた。

これからは新・時松くんが私の心に住まうのだ。

なんとなく、気づかれないのが怖くなって。自分をいつまでも納得させるその理由を作るために、つばの広い帽子を深く被り直した。

そうしてついに、握手の順番が回ってきた。

横一列に、間隔を保って並んだパイロットたち。時松くんは、右から三番目だ。

この人たちがブルーインパルスを操縦しているのかと思うと、すごいなと改めて実感する。

握手の時間は、ひとり五秒にも満たないようだ。ひとりのパイロットと握手したら、はい次!といった風に流れていく仕組みは、アイドルの握手会みたいだ。

付き添うように要の後ろに立ち、見守る。ひとり、ふたり、とパイロットは要に微《ほほ》笑《え》みながら握手をしてくれた。

そうして、時松くんの前に要が移動する。

時松くんが要に合わせてかがんでくれて、握手をするのを帽子のつばの下から見つめる。

時松くんの顔を、一瞬だけちらっと確認した。

「ぼく、じてんしゃにのれるようになりました！」

えらい。要はパインさんに自転車に乗れるようになったと報告するという目標を、しっかり実行している。

「おおっ！　すごいな、頑張ったんだね」

十二年ぶりの時松くんの声は、驚くほど変わってなかった。

この声も、大好きだった。

握手を終えた要は、へへっと照れくさそうに私に振り返った。

私は俯いたまま、あんまり顔を見せないように〝良かったね〟と声を出さずに帽子の下で笑みを作る。

五秒なんてあっという間で、要に関しては会話も交わしたので五秒以上だ。

人の流れを止めないように、ぺこりと会釈をして要と一緒に横へ移動しようとしたときだった。

「……、知葉？」

十二年ぶりに時松くんに名前を呼ばれて、私は驚いて顔を上げてしまった。

すぐそこに立っている時松くんは、信じられないとばかりに、精悍《せいかん》な顔に驚きの表情を浮かべている。

あんなに周辺は騒がしかったのに、名前を呼ばれた一瞬だけ、世界は静寂で満ちていた。

高校を卒業してからこんなにも時間は経っていたのに、すごいスピードで時計が逆戻りしたみたいに心の距離もあの頃に一瞬だけ戻った。

十二年分、ふたりとも変わったところも、知らないこともたくさんあるのに。

しかしお互いを目で捉えながらも、人の流れは止まらない。

「あ……」

出せた声は、これだけだ。

要はもう最後のパイロットとの握手を終えていて、手を振って歩き出した。

私は時松くんの視線を振り切って、要を追ってその場からすぐに離れた。

その晩は、まったく眠れなかった。

こんなに近くに、時松くんはいたのだ。

無理に目を閉じると、昼間のブルーインパルスの飛行が瞼《まぶた》の裏に浮かぶ。

昼間はあんなに興奮して楽しく見ていたけれど……。もし万が一のことを想像してしまったら、時松くんの身を案じて思わずゾッとしてしまった。

私はあれから、松島基地のある矢本方面には極力近づかなくなった。

時松くんとなるたけ会わないように、だ。

あの再会は、穏やかに消えていくはずの恋心に薪《まき》をくべてしまった。

彼に奥さんや恋人がいるかは、私にはわからない。いないはずはなさそうな、相変わらずの格好良さだった。

学校でも時松くんを本気で好きな女の子がたくさんいて、常に注目の的だったのを思い出す。

心が恋にかき乱されそうになるたびに、自分に執拗《しつよう》に言い聞かせる。

私は、要のお母さんだ。

私は、要が安心して暮らせるように生活を守りたい。

私は、要を一番大切にしたい。要を不安にさせたくない。これ以上はもう寂しいなんて思わせたくない。

……それに、私自身が時松くんへの二度目の失恋を酷く恐れている。

——だから、私はいま恋をしている場合じゃないんだ。

強く強く念じて、燃える恋心から目をそらす。

ただ、ブルーが練習で飛んでいるのが遠くに見えると、ひたすらに無事を祈るようになった。

自分で調べてみると、ブルーインパルスの任期は三年だという。三年経ち任期を終えると、パイロットは元に勤務していた基地に戻るというのだ。

時松くんは、今年で三年目。ブルーインパルスに乗りつつ、後任のパイロットの教育にあたっているようだ。

ブルーのパイロットは広報も担っているらしく、常に活動の細かいスケジュールや経歴なども公開されていた。

動画投稿サイトには全国各所で活躍する時松くんたちパイロットの動画が山ほどある。私はパイロットが映るサムネイルから目が時松くんを探す前に慌ててサイトを閉じた。

世の中には、私が知らなかった時松くんの情報があふれていた。

あと一年、また顔を合わせなければ、時松くんはどこかの基地に帰るのだろう。

会わなければ……、また長い時間をかけて恋心は落ち着いていくと願う。

新たな薪をくべなければ大丈夫。

大丈夫だ。

夏の気配は日ごとに薄くなり、秋はまず味覚からやってきた。

コンビニには栗《くり》やかぼちゃのスイーツが並び、日が落ちるのも日々早くなっていく。木々は赤や黄色に染まりはじめ、乾いた風が吹けばちらちらと舞って地面に落ちる。晴れた空は青く高く、夜には月の下で秋の虫たちの声が響く。

要は自転車に乗るのもうまくなり、最近ではひとりで近くのスーパーへおつかいに行ってくれるようになった。

そうなるまでには何度も付き添い、しっかりとヘルメットと膝あてをしないと自転車に乗ってはいけないと約束をした。

出かけるときには子供ケータイを必ず持ち歩く約束を守ってくれている要は、この約束もしっかりと実行してくれている。

スーパーへの時間は自転車で五分ほどで、信号を一度渡るだけで行ける。

なので、たまに翌日の朝に食べるパンなど簡単な買い物を頼むようになっていた。

おつかいを頼まれた要は、張り切って行ってくれる。自分で選んで買ったパンは特別美味しいらしく、新作のパンを買ってきては私にも味見させて好みか聞きたがる。

とうとう片道五分ほど車でかかる英語塾にも自転車で行ってみたいと言い出してい

て、それはまだ高学年になるまで保留中だ。

幼児だった要を紅葉から託されたとき、毎日生かすだけで精一杯だった。

小学二年生になったいま、やっぱり毎日生かすことに精一杯だ。

子育てって、心配や不安がどんどん姿かたちを変えてゾンビみたいにわいて出てくる。だけど子供の自主性ややりたい気持ちも大事にしなくちゃで、要は男の子だから走るし転ぶし自転車で遠くに行きたがる。

どのくらい要自身に任せて放っておいていいのか、その塩梅《あんばい》がわからない。

いつまでも後ろをついて見守りたいが、それは私の自己満足だと悟り我慢している。

——久しぶりにこんなに心配モードに入ってしまっているのは、要がおつかいから帰ってこないからだ。

学校から帰ってきて、要は私の仕事部屋兼私室に「ただいま！」と顔を出した。

いつもなら私が一旦ここで手を止めて、要の小腹を満たすためになにか用意するのだけど。

私は二つの原稿に追われ、今日は買い物に行く日なのをすっかり忘れていたのだ。

「要ごめん、すぐ食べられそうなものないから、夕飯の支度早くするね」

パソコンを閉じて椅子から立ち上がろうとすると、要が「あっ」と声で私を制した。

「ノートがもうすぐおわるから、おやつといっしょに買いにいってきていい？」

「ノート、スーパーに欲しいの売ってるかな」

「なかったら、おやつだけ買ってかえってくる」

そうなったら、夕飯のあとで私が車を出して一緒に文具を扱うお店まで連れていこう。

「じゃあ、そうしてもらおうかな。なかったら夜に買いに行こうね」

私は机の引き出しから小銭の入った瓶を出して、そこから五百円を要に渡した。

「ありがとう、ともちゃん」

「こちらこそだよ、おやつ用意してなくてごめんね。集中しすぎちゃった」

はぁーっと息を吐きながら体を捻ると、バキバキッとあんまり人体からは鳴ってはいけないような音がした。

要は笑って、「いってきます」と風のように飛び出していった。

……それから、一時間以上経っている。

外は暗くなり、気温も下がってきた。

私は仕事部屋兼私室から出て、リビングから玄関までを行ったりきたりしている。

「迎えにいこうかな、でも友達といるのかも」

以前、パンを買いに行ったら友達と会って、しばらく話し込んでから帰ってきたことがあった。

要に持たせている子供ケータイ。現在位置は、ずっとスーパーから動いていない。

「もしかして、スーパーに子供ケータイを落としてる……？」

なにかあってからでは、遅い。

なんにもなかったら、それでいい。

財布とスマホを掴み、急いでマンションを出る。

薄暗くなった外の見慣れた風景が、やたらと私を不安にさせる。

お金を落とした？　なにか困ったことが起きてる？　もし、スーパーにいなかったら……？

焦る気持ちが足を速め、悪い想像も加速していく。

声にならない声が口から漏れそうになったとき、歩道の向こうから聞きなれた要の声が聞こえた。

だけど……誰かと一緒にいる。しかも、要の自転車をその人が持ち上げて歩いている。

私はその人がいい人なのか悪い人なのかわからないまま、すぐに要に向かって走り出した。

「……要っ！」

名前を呼ぶと、要ともうひとりの大人が立ち止まった。

その姿に、乱れた息が止まってしまうかと思った。

「やっぱり、知葉だった」

その人――、時松くんは、はっきりと私の名前を呼んだ。

二章

「ど、ど、どうして、時松くん……？」

夕方の薄暗がりの歩道で、私は要を連れた時松くんと突然の対峙となった。

シンプルな黒のパーカーにジーパン。なのに背も高くがっしりとした体格に一番映えているようにも見える。

エコバッグを持った要を見れば、そんな時松くんをその隣から見上げている。

時松くんは、これ、とばかりに抱えていた要の自転車をひょいっと私に見せた。

「なんか鍵をなくしちゃったみたいで、家が近いなら自転車は抱えて持っていくよって申し出たんだ」

要の一生懸命な説明と、時松くんの補足で今回の大体のことはわかった。

スーパーで無事に買い物を終えた要は、駐輪場で自転車の鍵を買い物中に落としたことに気づく。

スーパーのなかを鍵を捜してウロウロとしているところを、たまたま用事があって寄った時松くんが見つけた。

気になってなにかあったのかと聞いてみれば、要はパインさんに話しかけられたことにびっくりしながら、必死に自分の置かれた事情を説明したという。

時松くんは要を連れてスーパーのサービスカウンターに鍵の落とし物がないかと聞いてくれたり、駐輪場の周辺を捜してくれたらしい。

それでも、鍵は出てはこなかった。

次第に暗くなっていくなかで、マンションに予備の自転車の鍵があると要から聞いた時松くんは、近くならと自転車を担ぎながら要を送ってくれたところだったという。

「そこに、血相を変えた私が走ってきたと……」

「うん。もう絶対にその場で通報されるなって覚悟した」

ふっとした時松くんの笑い方が全然変わってなくて、私は安心して脱力してしまった。

「要を助けてくれて、ほんとに……本当にありがとうございました」

思い切り頭を下げて、お礼を伝える。

「いや、頭なんて下げなくて大丈夫だから。それに覚えてたから、知葉が連れてきてた子供だって。だから声をかけたんだ」

「時松くん……」

「知ってるからって、こちらこそ大事な子供を連れ出して心配させちゃってごめん」

時松くんが、深く頭を下げた。

困り果てた要を、時松くんが助けてくれた。

自転車の鍵をなくして、要は本当に困ったと思う。一生懸命にあちこち捜しただろう。

スーパーで落とし物をしたらサービスカウンターに聞いてみるなんて、要には思いつかなかったはずだ。

助けてと、焦るあまりに私に電話することも頭から抜けていたのかも。

そういった生活に関わることを、大事なことを教えていなかった私が悪い。

「時松くんは全然悪くないよ、私が悪かったの。要にまだ色々教えてあげられてなかったから……」

「じてんしゃのかぎ……なくしてごめんなさい」

要が私の腰にしがみついて、半泣きになっている。

「いいよ、要がケガしたとかじゃなくて良かった。こういうときは、私も駆けつけるから電話してね」

しゃがんで、要をぎゅうっと抱きしめる。

要は私の首に腕を回して更に抱きついて、ついには大泣きをはじめた。

不安だったという気持ちが、抱きついてくる腕や涙から痛いほど伝わってくる。

時松くんに声をかけられるまでひとりで心細かったろうと、私も泣きそうになった。

「……時松くん、忙しいのにごめんなさい。自転車は私が持っていくから……」

しゃがんだまま時松くんを見上げると、なんと時松くんはかがんで目線を合わせてきた。

「家、近くだって聞いた。迷惑でなければ、このまま運んでもいい？」

「でも、用事があるだろうし、それに忙しいでしょう」

時松くんは、「用事は大丈夫」と言う。

真っ直ぐに私を見つめる瞳は、絶対にそうするといった意志が見える。こういう瞳のときは、時松くんは絶対に引かないことを思い出した。

高校時代、そうやって委員会を手伝ってもらったり、遅くなった帰りには私と紅葉を駅まで送ってくれたっけ。

マンションは、すぐそこだ。

ここで断って問答するより、お願いしてしまった方が時松くんの迷惑にならないかもしれない。

「……では、お願いしてもいいかな」

そう頼むと、力強く頷いてくれる。

「もし良かったら、子供の抱っこもしようか？」

「抱っこって、要は二年生だから重いよ。それに……歩けるよね、要？」

要はぶんぶんと首を横に振った。

「あるけない」

いや、さっき歩いてきてたじゃん！と心のなかで突っ込みを入れつつ、要には父性みたいなものも必要なときがあるのだろうかと考えてしまった。

私では、多分もう要を抱っこしては歩けない。坂田さんは海外で、要が甘えたいときにはいない。

そんなとき、大好きなブルーのパイロットである時松くんに助けてもらったら。

懐《なつ》いて甘えてしまいたくなる気持ちを、だめだよとは言えない。

要がわがままを言った訳ではない。時松くんが申し出てくれたなら……、と考えてしまう自分はずるいなと思った。

「抱っこしても、いい？」

最終決断を私に仰ぐ時松くんに、私は「お願いします」と返事をした。

要は私の返事を聞いて、びゅっとすごい勢いで時松くんに抱きついた。

「あっ、こらっ、いきなり抱きついたら時松くんが危ないよ」

そういう間に、時松くんは片手で要を抱き上げた。もう片方には自転車も抱えている。

「あっ、自転車は、自転車は私が持つよ」

慌ててそう言うと、時松くんは「平気」と言ってふざけてスクワットなんてはじめた。

薄暗がりの歩道で両腕に子供と自転車を抱えてふざけてる人が、ブルーのパイロットだなんて遠目からは誰もわからないだろう。

泣きっ面だった要はわはわはと笑い出して、私の心も軽くなっていった。

そうして、私は要からエコバッグを引き取り、時松くんを案内しながら歩き出す。

歩道にともる防犯灯の白い光が、夕方と夜の真ん中で揺れている。

――あっ、そうだ。時松くんが紅葉のことを知ったら、ショックを受けるかもしれない。

昔好きだった女の子の死。いまはもう時松くんには家族や恋人がいるかもしれないけれど、知れば少なからず動揺はするはずだ。

時松くんと紅葉は、仲が良かったように見えたから。

操縦なんていう、繊細な仕事をする時松くんには知らせない方がいい。

私は時松くんから「紅葉はどうしてる？」と聞かれないように、一生懸命に話を振る。

それに、握手会で目が合ったのに、逃げるように去った件も気まずいので触れられたくない……！

「あの、要と時松くんがスーパーで会ったって聞いてびっくりしたよ。ブルーのパイロットがスーパーで買い物ってイメージなくて……」

「そうかな、パイロットでも普通に買い物するよ。あのスーパーに俺が飲んでるプロテインのバナナ味があるよって隊員に聞いて、仕事上がって急いできたんだ」

「バナナ味……、あれ？　ちゃんと買い物できた？」

「いや、車もスーパーに置いてきたし、帰りに買うよ。最初は子供と……要くんと自転車を車に乗せて送ろうと思ったんだけど、よりいっそう誘拐感が出ちゃうんでやめた」

「本当に、ご迷惑をおかけしました……！」

できることなら、バナナ味のプロテインを買って時松くんに献上したいくらいだ。

そんな話をしているうちに、マンションの前へ着いた。どの部屋も明かりがともっている。


駐輪場へ案内して、まず自転車を降ろしてもらった。

ここでお別れするのが少し寂しくなるくらい、時松くんとは普通に話ができた。

でも、ここでお別れだ

「……時松くん。今日はありがとうございました。握手会のとき、なんにも言わないで逃げてごめんなさい」


もう会うことがないのなら、握手会のことは謝りたいと思った。

「謝らないで、知葉は悪いことなんてしてないだろう」

「ううん。せっかく時松くんが気づいてくれたのに、私は……びっくりしちゃって」

これが、いま一番の誰も傷つかない最適解だ。

しばしの沈黙。それから私は、すうっと小さく息を吸った。

「さあ、要も今度こそ歩こう？　時松くんにお礼を言って、さよならしないと」

抱っこされた要は時松くんの耳元に手をあて、なにか小さな声で言っている。

だけどその声は小声にしては大きくて、内容がばっちりとこっちに聞こえてしまう。

「おいしいおやつ、いっしょにたべませんか」

「おやつ？」

優しい声で、時松くんが聞き返す。

「ぼく、おかし買ったんです」

そう言って、私が持っているエコバッグを指差した。

私はそのとき、あっと気づいた。要はおやつも食べないでおつかいに行ったので、お腹が空いているんだ。

そのおやつを「一緒に食べよう」と言って、時松くんから離れないつもりらしい。

子供らしく可愛いけれど、これ以上は時松くんの時間を奪ってはいけない。

「だめだよ、要。時松くんのおうちで、時松くんが帰ってくるのを待ってる……家族がいるかもでしょう？」

家族、と言うのに勇気がいった。詰まってしまったから、変に思われただろうか。

「家族はいないよ、隊舎ではなくマンションでひとり暮らしだから」

さらり、と時松くんはそう返す。

「……単身赴任？」

つい、聞いてしまった。

「違うよ。正真正銘の独身。あ、言っておくけど彼女だっていないから」

どかどかと、重要な情報が投下される。

どう反応するのが正解かわからなくなって、黙ったまま頷いた。

「あっ、でも……知葉は迷惑か。もう旦那さんが帰ってくる時間とかかな？　ごめん、気が利かなくて……」

申し訳なさそうに時松くんが言う。私は違うよと否定するのをやめて、誤解されたままでもいいと考えた。

だけど、要が張り切ってこう答えたのだ。

「だれもかえってこないよ、ぼくたちはふたりだもん」

「狭いし、散らかってますが……」

時松くんを通した八畳ほどの広さのあるリビングには、要のランドセルや荷物が置きっぱなしになっていた。

学校からのプリントがテーブルの上にまとめてあり、充電中のタブレットがどんと真ん中に置いてある。

いつも「自分の部屋にランドセルは置きなさい」と言っているのだけど、要は今日もプリントをテーブルに出したあとランドセルはテーブルの下に置きっぱなしにしていた。

　普段は注意しながらもあまり気にならないけれど、そこに他人がきたことで急に存在を主張してくる生活感。

　完全にずり落ちた被せるタイプのソファーのカバー。これは要がこの上でずりっと変な格好で寝転んだりするからズレる。

　カーテンレールにかけられた洗濯ハンガーは、室内に私の下着などを干すときに使うものがそのままになっている。

　うちには来客がほとんどないので、完全に油断していた。

　とにかく、生活感が半端ない。

「……本当に散らかってて、ごめんね」

　ちらっと要に視線を送ると、ごめんとばかりに舌を出す。それからしっかり時松くんと手を繋いでいて、そそくさとカバーをかけ直したソファーに座らせていた。

　私はすぐにお湯を沸かし、時松くんに熱いコーヒーを淹《い》れた。

「すぐ、すぐにご飯の用意をするから待ってて……！」

　そう伝えて、時松くんの返事も聞かずにすぐにキッチンに飛び込んだ。

結局、要の鶴のあの一声で、私に旦那さんがいる、という誤解に訂正を入れなくてはいけなくなったのだ。

そのまま帰す訳にはなんとなくいかなくなり、時間的にも夕飯をご馳走する流れになった。

散らかった部屋に初恋の時松くんを招いてしまっただけでダメージが大きいのに、冷蔵庫に食材が乏しいというダメージ第二弾までしっかり控えていた。

冷蔵庫は大きい方がいい！という亡くなった母の好みの影響からか、私が選んだ我が家の冷蔵庫もふたり暮らしの割には大きな方だ。

ただし、だからといって食材が豊富に入っている訳ではない。

今日買い物に行くのをすっかり忘れた冷蔵庫の中身は、卵に調味料と缶ビール、野菜室には夏野菜の残りくらいしかなかった。

けれど神は私を見捨ててはいなかった。

カレールーの買い置きがあったからだ。

急速炊きでお米をセットして、今度は冷凍庫を漁《あさ》る。先週買って凍らせたままの牛ひき肉を見つけたときには、思わずガッツポーズしたくなるくらいだった。

いかにも今夜はこれを作ろうと思っていました！な雰囲気を出しながら、急いでひき肉のカレーを作りつつ夏野菜を油で揚げていく。

茄子《なす》もズッキーニもパプリカも適当に切って、オクラは塩揉みして産毛を取ってから熱々の揚げ油の海にドボンだ。

ずっと忘れていた、蓮根《れんこん》の水煮も消費期限をしっかり確認し薄く切ってパリパリに揚げる。

揚げられないトマトは、ただ切って居酒屋の冷やしトマト風に盛り塩を振った。

買ったはいいが重くて使いづらい、しまいっぱなしだった深緑色のカフェ風のやたら大きな皿に炊きたてご飯を盛り、ひき肉カレーをつぎ、揚げた夏野菜をいい感じに添えてみた。

「……それっぽいじゃん……！」

いかにもおしゃれな海辺のカフェの、夏の限定カレーが出来上がった。

夏野菜や蓮根の素揚げと、お皿の貢献度がすごすぎる。写真の一枚でも残しておきたいけれど、それどころではない。

お腹を空かせた要と、時松くんを待たせているのだ。

要が買ったおやつはグミだったようで、それを半分こでは小腹は満たせなかったようだ。

ふたりは私がカレールーを投入したあたりから、香りに誘われてそわそわとキッチンを気にする様子を見せていた。

「ごめん、お待たせしましたーっ。いまからご飯運ぶね」

その声に、要はわぁっとテーブルを片付けはじめた。それからふたりは、運ぶのを手伝ってくれた。

私はすでにひと仕事終えた充実感でビールをあけたいところだけど、いまは我慢だ。テーブルに並べたなんだかおしゃれっぽく見えるカレーに、要は「なんだか、ごちそうだ！」とはしゃいだ。

普段作るカレーには野菜の素揚げなんてのせないし、お皿も普通の白皿を使う。なので今日のカレーは特別違って見えるのだろう。

「時松くんは、カレーは苦手じゃない？　とにかく早く作らなきゃって、聞かないで用意しちゃったんだけど」

「カレー、大好物。しかもこんな手が込んでるの、食べたことないよ。めちゃくちゃ美味そう……！」

「甘口のカレールーなんだけど、辛いの好きだったらこれ使ってみて」

時松くんには、私がカレーの日に使う辛いパウダーの瓶を手渡した。

「では、いただきます」

三人で手を合わせて、冷めないうちにと食べはじめる。

ふと見た時計は二十時少し前。要はこのときも、しっかり時松くんの隣だ。

いつもなら要とふたりの食事に、時松くんが加わっている。緊張とかドキドキとかする暇もなくバタバタしたけれど、改めて考えると信じられないシチュエーションだ。

紅葉、大変なことになってるよ。見てる⁉ 時松くんがうちにきてるんだよー！

リビングの端に置いてある、両親と紅葉のお仏壇に向かって心のなかで語りかけた。

「カレー、このパリパリのおいしいね。ポテトチップス？」

要の疑問に、時松くんがふっと小さく笑う。バカにした笑いではなく、いかにも子供の発想が可愛らしいといった感じだ。

日頃からお祭りのあとの握手会のときみたいに、子供に触れる機会も多いのだろう。

「ポテトチップスがあったら、おやつにしてたよ。これは蓮根、筑前煮《ちくぜん》に入れてる」

その筑前煮に入れ忘れたから、水煮だけずっと残っていたのだ。

「俺、蓮根チップスって、売ってるの見たことあるよ」

「じゃあぼく、あしたもレンコン食べる」

要は蓮根の素揚げが気に入ったようで、それだけ先に食べてしまった。

「時松くん、お代わりあるから言ってね」

男の人がご飯をどのくらい食べるのかわからないので、白米は五合炊いてある。

「ありがとう。お腹空いてたから助かる」

美味しい、ともりもり食べてくれるのを見て、ひとまず味は合格ラインだったと胸を撫でおろした。

だってまさか十二年ぶりの再会で、初恋の人に料理を振る舞う機会があるなんて思ってもみなかった。

しかも食材も限られた縛りゲームで、よくここまで健闘したと思う。

これが最初で最後の機会だけど、なんだか思い出に残りそうだ。

時松くんのグラスの麦茶が少なくなったので新たについでいると、要が「あのさー、あのさー」とニコニコしながら騒ぎはじめた。

「ふたりはさー、ともだち?」

そうだ。時松くんとの関係は、まだ要には伝えてなかった。

あのね、と私がどういう関係なのか説明をする前に、時松くんが「うん」と答える。

「高校生のときに、要くんのお母さんと、お母さんの妹の紅葉さんと同じ学校だったんだ」

要はスプーンを置いて、「うん？」と首を傾げる。要にとってお母さんは紅葉なので、多分混乱しているのだ。

それにやっぱり時松くんは、要を私が産んだ子供だと思っている。違うけれど、訂正はいまはしない。

「時松くんと、私と紅葉は同じ学校に通ってたんだよ。そうだ、この間自衛官になりたいって言ってた同級生がいたって話をしたでしょう？　それが時松くんだったんだよ」

「ああ〜！　すごい、パインさんはどうして、じえいかんになりたかったんですか？」

突然の要のインタビューにも時松くんは慣れたように、にっこりとして答えた。

「俺の父親が航空機整備員だったんだ。腕が良くて、ドルフィン・キーパーにもなって。父親の自慢の息子になりたい、ならパイロットになろうって航空自衛官になりました」

「ふぉぉ、ドルフィン・キーパー!?」

そう叫んで、要は信じられないとばかりに目を見開き時松くんを凝視している。

「ドルフィン・キーパーって、どういうものか聞いてもいい？」

つい私も興味が出てしまい、時松くんに質問してしまう。

「ブルーインパルスに関わる人の通称かな。ドルフィンはブルーインパルス機体の愛称で、それに乗るパイロットはライダー。経験と技術で支えてくれている整備員がキーパーなんだ」

お祭りで見たあの青と白の機体がイルカだなんて、なんだか可愛い。

「……あっ！　だから、パイロットスーツにイルカ？のワッペンみたいのが付いてるの？」

握手会のときに確か、生き物のようなものがデザインされたワッペンがパイロットスーツの肩に付いていた気がしたのだ。

「そう！　あれはイルカのイラストなんだけど、よく見ると機体のカラーリングになってるんだ」

またもや、可愛らしい情報だ。あれがイルカだとわかり、すっきりした。

「そうなんだ、ライダーとキーパーかぁ。皆で全力で取り組んでる感じで、なんだか感動しちゃったよ」

あの素晴らしい飛行は、そうやって成り立っていたんだ。

食事が終わり、片付けを時松くんは進んで手伝ってくれた。要もいつもより百倍張り切り、テーブルをピカピカに拭きあげてくれた。

お茶を淹れると時松くんは、要の質問に答えながら私には小ネタのような話を披露してくれた。

話し方がうまくて、つい聞き入ってしまう。どうしてそんなにお喋りがうまいのかと聞くと、なんと時松くんはイベントによってはマイクを持ち、飛行するブルーインパルスを地上から見ながらナレーションをつけることもあるそうなのだ。

十二年の年月の間に、当たり前だけど時松くんは大人になっていた。

それも更にしっかりとしていて、優しさは変わらず落ち着きが増していた。

私は、どうだろう。歳を重ねただけで、中身はずっと変わらない気がする。

要のために多少は外交的になった感じはするけれど、必要最低限だ。

時松くんの話に感心したり頷いたりと忙しかった要は、そのうちに横になり笑い出したあと、すとんと寝落ちしてしまった。

夕方自転車の鍵をなくしてから、小さな体には不安と驚きの連続だったのだろう。

完全なキャパオーバーだ。

「要、寝ちゃった」

私は自分の仕事場兼私室からタオルケットを持ってきて、くうくうと寝息をたてる要にかけた。

お風呂も歯磨きも、ちょっと仮眠させたあとだ。

時松くんは、再び座った私に優しい労いの言葉をかけてくれた。

「……要くんをひとりで育ててるなんて、すごいよ。あの……旦那さんは早くに？」

「ん？　早くって？」

時松くんは気まずそうに、リビングの端にある閉じた小さなお仏壇をちらりと見た。

「ああ、違うよ。本当は時松くんの心を乱したくなくて秘密にしておこうと思ったんだけど」

要が眠ってるいまなら、言える。

そしていまの時松くんなら、受け止めてもらえると思ったのだ。

私は「きて」と言って時松くんをお仏壇の前へ呼んだ。

「旦那さんに、お線香あげても……？」

「旦那さんじゃなくて。久しぶりって話してあげて欲しい」

お仏壇の扉をそっと開いて、なかにおさめられた両親、そして紅葉の写真を見てもらった。

「……っ、紅葉!?」

時松くんは、そう言ったきり絶句している。無理もない。ただでさえ同世代の死は心にくるものがあるのに、同級生でしかも好きだった子なのだ。

「……要が三つのときに病気でね。要は紅葉から預かった子供なの。要があっちの学校で色々あって行けなくなっちゃって、心機一転するのにこっちに引越してきたんだ」

複雑な事情の説明は避けて、簡潔に話す。

紅葉の写真をじっと眺めて、信じられないと表情に浮かべたまま時松くんは、今度は私を見た。

「……岩手で同級生のちょっとした集まりが春にあったときに、知葉の実家が以前売りに出されたって聞いたんだ。誰も知葉や紅葉と連絡が取れなくなってて、子供を抱いてるのを見たって奴もいて……」

「実家には両親はもういなかったし、紅葉もずっと入院してたから。要とふたりじゃ実家は広すぎるんで、早くに売って整理したの」

あの頃、あんなに毎日が泣く暇もないほどバタバタだったのに、いまは地元の岩手も離れて暮らしているなんて……時間の流れを実感する。

時間といえば、時松くんもブルーインパルスの任期が終われば、松島からいなくなっちゃうんだ……。

「そうだったのか……。旦那とか、色々勘違いをしてたみたいで本当にごめん」

「ううん、謝ることなんてないよ。旦那さんはいないけど、私は要のお母さんだもん」


立派にやれてるかわからないけど、と付け足した。

それから時松くんは、紅葉と両親のためにお線香をあげてくれた。

春にあったという同級生たちとの集まりの話もしてくれて、元気な人もいれば、私みたいに連絡のつかない人も結構いたと教えてくれた。

時計を見れば二十一時を回っていた。

「……あっ、時間がやばいかも」

あのスーパーは二十二時には閉まってしまう。それに合わせて、駐車場は翌朝まで閉鎖されるのだ。

買いそびれさせてしまったバナナ味のプロテイン、それに駐車場に停めたままだという時松くんの車がものすごく気になる。

「そろそろ行く？　あのスーパー、閉まったら朝まで駐車場も出入りできなくなるから車出せなくなる」

「えっ、そうなの」

時松くんは自分の腕時計を見て、慌てて立ち上がった。

私は眠っている要を起こす。自分が眠っている間に時松くんが帰ったら、ショックを受けそうだからだ。

要は半分目を閉じたまま身を起こして、「またきてね」と言ってさよならの挨拶をした。

玄関まで、時松くんを見送る。

「スーパーまでの道わかるかな、送っていこうか？」

「ありがとう、覚えてるから大丈夫」

スニーカーを履いて振り返った時松くんに、私はどんな言葉をかけたらいいのか戸惑った。

今回がイレギュラーだっただけで、今後はもう接点はないだろう。

「今日は夕飯、ご馳走様でした。美味しかったです。ありがとう」

「それはこちらこそだよ。要を助けてくれて、ありがとうございました」

頭を下げて、改めてお礼を伝える。

訪れる、どう切り上げたらいいのか、わからない方の別れ際。

お互いに顔を見合わせて、気まずく笑う。

「……知葉に会えて良かった。今日の飯のお礼はちゃんとするから」

ニコッと、時松くんが笑う。

「え、いいよっ、だって今日は時松くんが……っ」

助けてくれたから、という間に、時松くんは颯爽《さっそう》と出ていってしまった。

パタン、と静かに玄関のドアが閉まる。

その音を合図にしたように、私はなんだか可笑しくなって壁にもたれかかる。

「……ふふっ、連絡先だって知らないのに」

そうして、大きく息をつく。

しんみりとした別れにならなくて良かった。

最後に、笑顔を見せてくれて嬉しかった。

「あーあ、やっぱり時松くんは格好いいなぁ！」

会えなくなっても。そのうちいなくなってしまっても。

初恋がまだまだ継続する予感を、私は素直に受け入れた。


それから数日、要は時松くんに助けてもらい、一緒に夕飯を食べたという事実を噛み締めまくっていた。

私は時松くん、ブルーインパルスのパイロットにプライベートで会ったことは学校では言いふらさないようにと要に話をした。

ブルーインパルスは人気があるから、大好きなお友達がたくさんいる。どの子もきっと、一緒にご飯を食べたいと思っても叶うことは難しい。

だから、スーパーで助けてもらった話はしてもいい。だけどうちで夕飯を食べたことは、話をしてはいけないと言った。

いつか、数年したら「あのとき実は」と話をしてもいいけど、いまは控えて欲しいと伝えた。

誤解を生んで、また友人関係で要が悩むのを避けたかったのもある。

「うまく言えないけどさ、前の学校で私が〝高坂ふたば〟だってのは信じられないって言った子がいたじゃない？　私は要に悲しい思いをまたして欲しくないんだ」

一年生だった要は図書室で私の本を見つけて嬉しくなり、クラスメイトに私が〝高坂ふたば〟だと話してしまった。

それを信じた子もいれば、疑う子もいたという話だ。

あのときはたまたま学校から児童向けの簡単な講演の依頼があって、私が表に出たことで事態はおさまった。

その一件があってから、要は不用意に私のことを口にはしなくなった。

あのときはたまたま証明する機会があっただけで、今回もし時松くんのことでそうなったら証明のしようがない。

「むずかしいねぇ」と、要がしょぼんとした顔をする。

「要はまったく悪くない。誰も悪くないんだけど、ねぇ」

しんみりした空気のなか、要が「でもさ～」と続ける。

「しゅくだいを手伝ってもらうのはいいよね。パインさんもきょうりょくするって言ってたし」

「え、宿題？　手伝いって？」

要はソファーの上から変な格好で床まで滑り落ちたので、またソファーのカバーがズレた。

「ともちゃんがカレー作ってくれてる間にね、しゅくだいの話をしたの。大人になったらやりたい仕事についてしらべるやつ。パイロットになりたいってパインさんに言ったら、いつでもそうだんしてって！」

「みて！」と、要が一枚の紙をタブレットのポケットから出した。

「ともちゃんにも見せてねって言われてたのに、わすれてた」

それは手帳を丁寧に切り取った紙に、時松くんの名前とプライベートであろう携帯番号とトークアプリのＩＤが手書きしてあるものだった。

諦めようと、忘れようとしていた知葉が目の前に再び現れてから、俺の世界は更に彩度を増している。

＊＊＊

航空自衛隊松島基地をホームベースにする、正式名称・第四航空団第十一飛行隊ブルーインパルスは、航空祭や各地のイベントなどで展示飛行を披露する航空自衛隊の花形だ。

飛行班、整備小隊、総括班の三つの部署があり、総勢で四十人以上になるが全員がブルーインパルスのメンバーになっている。

実際に航空機やヘリを飛んで見せることを展示飛行といい、年度がはじまる四月からショーシーズンに入り年間二十数回展示飛行を行う。

北は北海道から南は沖縄まで、各地の航空祭やイベントを巡るのだ。

ブルーインパルスは一番機から六番機まで六機体制で、六つのポジションがあるが自分で選ぶことはできない。

ただ配置には規則性があるので、自分の年齢やタイミングなどで担当するポジションは見当がついてくる。

ブルーでは、一、五、四、六、二、そして三番機の順に年齢の高いパイロットが配置されていく。

俺が三番機の担当になったのも、年齢順によるものだ。

三番機は、隊で一番若いパイロットが担当する。

隊形の対称性を確保する大切な役割を三番機が担っているので、気の抜けないポジションだ。

他の機体のようなソロでの課目はないけれど、縁の下の力持ちらしくて俺は気に入っている。

しかし、気に入っていても任期は三年と決まっている。

元にいた実戦部隊の復帰、そしてほぼ毎週のように行われる全国各地でのショーのために不在がちになってしまう隊員の家族への配慮だ。

ブルーは航空自衛隊の花形だといえ実戦部隊から約三年は離れるため、戦闘機で培った技術が鈍らないように月に数回は夜間飛行の訓練をしている。

——そう。任期三年目の俺は、あと一年もしないうちに那覇基地へ戻る。

『要からメモを見せてもらったのがいまで、連絡が遅くなってしまいました。改めて、あの日は要を助けてくれてありがとう。あれから要は、自転車の鍵の管理に慎重になっています』

知葉からスマホにこんなメッセージが届いたのは、カレーをご馳走になってから数日後だった。

朝、メッセージが知葉から送られてきた。それを眺める俺の口元は、自然と笑みを作ってしまう。

——連絡先のメモを書いたのは、知葉がキッチンにいるとき。要くんと話をしていて、リビングの端に小さな仏壇を見つけたからだ。

まるで父親の気配がない部屋、写真さえ飾られていない。なにを見ても、〝ふたり分〟しかない。

知葉は離婚したんだろうか、それともすでになにかがあって旦那さんは鬼籍に入られてるのか。

ちらり、と仏壇に目をやる。

要くんの話のなかにも一切父親の影が見えないのは、どういうことなんだろう。

そこで要くんから宿題の話を聞いた俺は、なにか役に立てればと連絡先を要くんに託した。

『なにか困ったことがあったら、これをお母さん……知葉さんに見せて連絡してね』

要くんにそう伝えてメモを渡すと、『わかった』と要くんは言ってタブレットのカバーのポケットにしまってくれた。

それを見守りながら、どうか、再び繋がりそうな縁が切れないようにと願った。

その要くんが眠ってしまったあと。俺の疑問は、知葉自らが教えてくれた。

開かれたお仏壇のなかの、写真立てで笑うかつての同級生。

……紅葉の死は、友人としてとてもショックだった。正直信じられなくて、思い切り写真を凝視してしまった。

セミロングの髪、くるくるとした大きな瞳をこちらに向けて笑っている。大人っぽくなっているけれど、学生時代のあどけなさも残る。

あまりにも若い。あっちに逝くには若すぎる。

思い出せば紅葉は、いつもよく人を見ていて……俺が知葉に想いを寄せるのを、気づいたのも紅葉だった。

『時松、あんたはモテるから知ちゃんに近づけたくないんだけど！』

いきなり、はじめての会話で一方的に言われたのが、強烈に記憶に残っている。

知葉と紅葉。一卵性の双子はふたつの人形のように瓜《うり》二つだったけれど、俺は知葉がいつもピカピカに光って見えていたから間違えたりはしない。

想い人である知葉の妹、紅葉にはことあるごとに知葉を諦めるように言われた。

けれどそれは絶対にしたくなくて、なのに勇気が出せなくて。

いつまでも眺めているだけの俺を、いつの間にか紅葉は応援してくれるようになった。

『いくじなし』と俺をからかいながらも、『知ちゃんを泣かせたら許さないからね』とも言う。最初は厳しかったそのトーンは、いつの間にか柔らかなものに変わっていた。

だけど知葉に突然避けられるようになってから、紅葉との絡みも自然と減っていた。

紅葉のいう、俺は意気地《いくじ》なしだったと、紅葉の写真の前で改めて思う。

でも今度こそ、奇跡の起きた今度こそは――。

「なにか良いことでもあったのか、時松」

今朝のメッセージを思い出していると、一番機パイロットで飛行隊長でもある佐藤《さとう》二等空佐がニコニコしながら話しかけてきた。

「お疲れ様です、隊長」

佐藤二佐は十歳年上で、柔和な笑みを常に浮かべている。しかし飛行になるとその顔は引き締まり、広い視野や多角的なものの考え方などはやはり隊長に相応《ふさわ》しい人なのだと尊敬している。

「一瞬だけど、すっごいニコニコしていたぞ」

「本当ですか……？」

思わず口元を手で触れてみるが、自分ではよくわからない。

いまは牡鹿《おしか》半島東岸沖で行う金華《きんか》アクロ訓練を終えたところで、ブルーは整備作業を受けたあとハンガーと呼ばれる格納庫におさめられる。

フライトの際に使う装備品を下ろしに救命装備室へ向かいながら、ホッと気が抜けてしまった。

一瞬の気の緩みが、皆を巻き込む大きな事故に繋がることがある。過去にブルーにまつわる事故がなかった訳ではない。

痛ましい事故を二度と起こさないようにと、たくさんの人が原因の追及や安全対策に必死に取り組んだのだ。

パイロットの自分が、一番気を引き締めなくてはいけないのに――。

「すみません、気をつけます」

「なんで！　オレは時松が嬉しそうな顔をしてるの見て、ハッピーな気持ちになったんだよ。見ろ、オレなんていつも笑ってるぞ！」

あっはっは、なんて、励ますように笑ってくれる。

「で、なにか楽しいことでもあった？」

隊長が軽く聞いてくる。

俺は誤魔化《ごまか》したりするのが、結構苦手だ。そしてすぐに〝まずいな〟といった表情が顔にわずかに出てしまう。

隊長は観察力にずば抜けて優れている。そんな人の前では誤魔化しもうまくいかないのは隊員たちの共通認識だ。

どんなに隊長の前で無心になっても、澄ましてみても、とにかくズバリと状況を当てられてしまう。

俺も飛行や生活についての悩み事など、何度か隊長に見抜かれてしまったことがある。

そのたびに親身に相談に乗ってくれて、解決へのアドバイスをしてくれた。隊長は押し引きがとてもうまく、悩みには気づいて声をかけてくれるが不用意には踏み込んではこない。

そこを、隊員たちは深く信頼している。

だから今回も、見つかったのなら素直に言ってしまうのだ。

「初恋の人に十二年ぶりに再会しまして、今朝はじめてメッセージをもらって少し浮かれてしまいました」

「初恋の人、十二年ぶり!? すごいな、やったじゃないか!」

「はい。彼女のこと、十二年好きだったので嬉しくて。子供もいて、可愛かったです」

「既婚なのか!?」と目を見開いて驚く隊長に軽く頭を下げて、装備室へ急いだ。

時刻は十九時半。再び、知葉と要くんが暮らすマンションへきている。約束通り、要くんの宿題を手伝うためだ。

今回は急ごしらえだが、知葉と要くんに果物の手土産を用意した。

「ほんっとうに、忙しいのにごめんなさい……！」

玄関が開くと、知葉は俺にいきなり謝り倒してきた。

「いいよ。週末は松島を空けるけど、平日の夜なら大体は平気だから。それに要くんに協力するって言ったのは俺だよ？」

「いや、自分でも更に調べたの！　ブルーインパルスのこと！　毎日訓練と展示飛行で忙しいのに、本当にごめんなさい」

「謝らないでよ、俺はふたりの役に立てて嬉しいんだから。はい、お土産」

と果物の入った袋を渡しながら自分で言って、馴れ馴れしすぎたかと慌てて口をつぐむ。自分がふたりの役に立ちたくて、頼ってくれたのが嬉しくて忘れてしまいそうになるが、ここにはふたりの生活があるのだ。

そこにいきなり、同級生だったから、要くんに興味を持ってもらっているからとズカズカ踏み込んじゃいけない。

ふたりを不安にさせないよう、慎重にならないといけない。

でないと、もう会えるチャンスをもらえなくなってしまう。

隊長ほどうまい距離感を取れないかもしれないが、あの人のように相手の表情を細かに観察しようと決めた。

「……ありがとう、時松くん。お腹減ってない？　夕飯を用意してるから、いっぱい食べてって」

そう言って、知葉は部屋に上げてくれた。

二度目の部屋への来訪。一度目は緊張してしまったけれど、今回はちょっとだけ余裕がある。

柔軟剤のようなほんのり香る部屋のいい匂い、下駄箱の上に飾られた紙粘土とビー玉でできた置物。要くんが学校で作ったものだろうか。

殺風景な自分の部屋とは違い、知葉と要くんの暮らす部屋はなんだか温かみがある。

知葉に続いてリビングに入ると、要くんが立ち上がり「こんばんは！」と挨拶をしてくれた。

「こんばんは！　あれ、背が伸びた？」

なんだかこの間よりも、要くんの背が伸びているように見える。要くんは照れたように、にんまり笑う。

「時松くんの影響なんだよ。時松くん、背筋が伸びてて姿勢がいいでしょう？　要も真似したいって。そうしたら、学校で先生に姿勢が綺麗だって褒められたんだって」

「そうなんだ！　かっこいいよ、いつもより背が高くみえる」

褒めると、要くんは「ありがとうございます」と更に背筋を伸ばしてみせた。

用意してくれた夕飯は、豚肉の生姜《しょうが》焼きに野菜の煮物、冷や奴《やっこ》や具沢山の味噌《みそ》汁。美味しくて、カレーに続き二度も夕飯をご馳走になれた奇跡と作ってくれた知葉に感謝をした。

要くんが眠るのが遅くならないうちにと、夕飯のあとにすぐ宿題に取り掛かった。

将来なりたいものについて、自分が調べられる範囲で、できたら現役がいれば話を聞いてみる。そういった内容らしい。

「ぼくね、パイロットになりたいんだ」

「ブルーの？」

「うーん、さいしょは大きいりょかっきのパイロットだったんだけど、ブルーも好きだから」

「そうなんだ。聞きたいことがあったら、俺で良かったら聞いてね」

要くんは「うん！」と返事をして、先にまとめたというノートを見せてくれた。

ブルーインパルスのパイロットになるための道のり、特に航空学生のことがよく調べられて要点が子供にもわかりやすく書かれている。

それを読みながら、懐かしい思い出が蘇《よみがえ》った。

パイロットになることを希望した人間が、みんなパイロットになれる訳じゃない。

厳しい試練を乗り越えて、ひと握りの人間がウイングマークを掴み取れる。

それに適性、というものが人間にはどうしてもある。戦闘機パイロットを目指していたけれど、ヘリコプターのような回転翼機を悪天候のなかでも安定して飛ばせる適性がわかり、そちらのパイロットになった同期もいる。

同じ悪天候のなかで固定翼機を長時間安定して飛ばせる人間は、人や物資を運ぶ輸送機パイロット向きだといわれている。

実際に操縦桿を握ってみて、はじめて自分に合った機体がわかるものもあるのだ。

あの頃の、敵わないほどセンスの良い奴への羨望と、そうなれない自分への失望と焦り。もしパイロットになれなかったらという不安が、いつも俺の真後ろにべったりと張り付いていた。

無念にも脱落していく奴に、お前は頑張れと言われたとき、明日誰かにそう言っているのは自分かもしれないと思っていた。

その不安を少しずつ受け入れられるようになってから、ようやく心にやっと余裕が出てきたように思える。

すっかりノートに見入っていると、隣に座った要くんから声をかけられた。

「どうですか、変なところはありますか？」

「いや、すごくよくまとまってるよ。航空学生時代のことを思い出した。よく調べたね、大変だったんじゃない？」

「むずかしい字は、ともちゃんに読んでもらいました。ともちゃん、むずかしい字、いっぱいしってるんだよ」

「そうなのか、頑張ったんだな。俺もしっかり協力しなくちゃね」

座った姿勢を正して、一、二個ほど要くんから質問に答えていたときだ。

そこに三人分の飲み物をいれてきてくれた知葉に、ふと疑問に思ったことを聞いてみた。

「そういえば知葉は、こっちでどんな仕事してるの？」

知葉は、「えっ」と固まってしまった。

聞かれたら困ると、焦った顔に出ている。

「あ、いや、ごめん。詮索しすぎた……」

「あっ、違うの、全然！　仕事ね、仕事してるよ」

あー、とか、うーとか唸ったあと、小さな声で「小説を書いてるの」と呟いた。

知葉が読書家なのは知っている。学生時代にはいつも鞄《かばん》に本が入っていたし、駅前の書店によく寄っていた。

要くんは知葉に「いってだいじょうぶ?」と聞き、知葉が恥ずかしそうな表情を浮かべながら頷く。

「あのね、ともちゃんの本、ぼくの学校の図書館にもいっぱいあるんだよ」

「知葉の本……?」

小説を書いてるって、趣味とかでなくて?と頭に疑問符を浮かべた俺に、知葉は立ち上がりある部屋に入ると、なにかを持ってすぐに戻ってきた。

「いきなり、小説書いてるなんて言われても困ると思うから……」

そっと目の前に差し出されたのは〝高坂ふたば〟と記された一枚の名刺と、一冊の子供向けらしい本だった。

「これは……?」

「〝高坂ふたば〟は、私のペンネーム。こっちは私の書いてる本の最新刊」

名刺にも本にも、しっかりと〝高坂ふたば〟とある。本をめくると、カバーにはびっしりと本のタイトルが並んでいた。ナンバリングがされてあり、長くシリーズ化されているのがわかった。

作家先生なんて、いままで出会ったことがない。そんな存在が、目の前にいるなんてと心がどんどん高揚していく。

手元の本と、知葉の顔を交互に見る。

「小説を書く先生なのか、作家になったなんてすごいな……！　本って、自分で全部考えて書くんだろう？　家に足が生えて迎えにきて欲しいって、高校のときに言ってたもんな。発想力が俺とはずば抜けて違う」

「あっ、やだ、まだ覚えてたの!?　忘れてって言ったのに！」

どんどん真っ赤になる知葉は、「違うの」と繰り返す。

「作品のたたき台は私が書くのだけど、そこに担当さんや校正さんが入って、色んな人とのチームワークと協力で足したり引いたりして……読みやすくなるように調整してやっと一冊になるんだよ。私ひとりでなんて、とてもじゃないけど無理すぎる」

チームワーク、協力。皆で作りあげる姿勢はブルーにも通じるものがある。

「たたき台だっけ、まずは基本の土台がないとものは出来上がらない。それを先生がゼロから生み出すんだから、本当にすごいよ」

「わ、そうなんだけど、それだって担当さんと打ち合わせしながらだよ。それにどんな顔していいんだか……。慣れないの、先生って呼ばれるの」

本当に慣れないようで、ついに両手で真っ赤になった顔を隠してしまった知葉に、要くんがくすくす笑う。

「ともちゃん、パパに先生って言われたときもはずかしがってたよね」

〝パパ〟と聞いて、わずかにぴくりと反応してしまった。

パパとは、要くんの父親だろう。紅葉は亡くなってしまったが、要くんには父親が存在しているようだ。

話しぶりだと、会っているように思える。

いや。どういう理由で要くんと一緒に暮らしていないのかはわからないけれど、会うのは親なんだから不思議な話ではない。

……知葉にも会っている。そりゃ要くんを養育しているのは知葉なんだから、顔も合わすだろう。だけど、すごく気になる。

「ぼくのパパ、見ますか？」

「写真とかあるの？」

「いっぱいあります、タブレットでしゃしんとっているので！」

いいのかな、と知葉を見ると、「要、お祭りのときに撮った写真も時松くんに見てもらったら？」と話題が移ったことに安心した表情を浮かべている。

要くんはタブレットの写真のフォルダを目の前で手慣れたように開いて、まずは一枚の写真を開いてくれた。

「これは、きょねんの夏にパパが前の家にきてくれたときのです」

そこには、どこからどう見てもイケメンと呼ばれそうな男性が、リビングのような場所で座ってこちらにピースしている写真だった。

そういったポーズに慣れてないのか、羞恥と困惑、だけど子供にカメラを向けられて応えてやりたいという気持ちが伝わってくる良い写真だ。

長身なんだろう、長い足を折りたたんで小さく座っている。自分の子供である要が暮らしていても、要くんと知葉の家だとわきまえているのがわかる。

優しそうな雰囲気て、やっぱりモテそうだ。それに、要くんにとても似ている。要くんが背が高いのも、父親譲りなのかもしれない。

「要くんに似てるね、かっこいいパパだ。よく会いにきてくれるの？」

「パパはアメリカでお仕事してるから、あんまり。でも、あとちょっとで会いにきてくれるっていってます」

するると横から、知葉の説明が入った。

「要のお父さん、坂田さんは商社に勤めていてアメリカにいるの。日本に帰ってきたときには、要に会いに東京から新幹線できてくれてるんだ」

要くんがタブレットの画面をスライドする。すると要くんと知葉、それに坂田さんが三人で並んだ写真が出てきた。

「これは、三人で牛のいるぼくじょうへ行ったときのです」

要くんを真ん中にして、まるで仲の良い家族写真みたいで、ずきりと胸が酷く痛む。

帰国したときに会いにくるなら、その坂田さんは独身なんだろうか。

知葉とは、どういう関係？

亡くなった、紅葉とそっくりな知葉になにも思ってない？

疑問や焦り、嫉妬の感情がわきだしてくるのを顔に浮かべないように必死に抑え込む。

焦るな、間違えるな。自分に懸命に言い聞かせる。

坂田さんの顔を、夢に見そうなくらい目に焼き付けているところに知葉から声がかかった。

「要はあんまり坂田さんに会えないから、時松くんに甘えちゃってごめんね」

時松くんは独身なのに、時間をもらっちゃってごめんねと。

まるで知葉との間に一本線をしっかり引かれたように感じて、ショックを受ける。

だけど、だけどだ。

まだはっきりと、知葉に好きな人や恋人がいると聞いた訳じゃない。

十二年の想いだ。決定的なことがわかるまでは、諦めきれない。

「独身とか、関係ないよ。俺がふたりの力になりたいから、してるだけ」

はっきりキッパリそう言うと、要くんが「ありがとうございます！」と嬉しそうにお礼を言ってくれた。

知葉はなんだか申し訳なさそうに笑みを浮かべるので、ものすごく切なくなった。

三章

日々深まっていく秋のなかに、もうじき訪れる冬の気配を感じている。

要は学校にすっかり慣れ、たまに友達を家に呼ぶようになった。よその子供を一時的にでも預かる訳なので、一度電話でその子のお母さんにご挨拶をさせてもらった。

その子、七門《ななかど》くんのお母さんは実は松島基地で働いていて、七門くんも転校生なのだという。

転校生という共通点が要と七門くんを結びつけて、ふたりはすっかり仲良くなったようだ。

こっちには七門さんのご実家があり、自分のご両親と七門くんの四人暮らし。とても明るいお母さんで、今度ふたりで遊びにきてと言ってくれた。

時松くんは相変わらず忙しそうで、全国の空を駆けているのをその日の夕方のニュースなどで見ることが多い。

時松くんが操縦していると意識すると、どうか安全に松島に戻ってきて欲しいと願うのは変わらない。

時松くん曰《いわ》く、元々所属していた沖縄では年間六百回を超えるスクランブル発進があり、毎日がいま以上に忙しかったという。

領空侵犯を防ぐための戦闘機の緊急発進は一日に一回以上の計算で、常に緊張状態なのだと言っていた。

いつかそんな日々に戻るために、松島でも隊員たちは夜間に訓練として飛んでいる。

そう遠くない未来、来年には時松くんは沖縄に帰っていく。

ここから、いなくなるのだ。

いまの友達みたいな関係のまま、時松くんを見送るのが一番いい。

まだ好きだなんてバレて引かれたくない、変な距離を取られたら泣いてしまいそう。

だからたまたまここで再会した友人として、時松くんに変に思われないままさよならをしたいと思っている。

普通の、かつての同級生として。

坂田さんが週末を使って、はじめて引越し先である松島にやってくることになった。

要の生活の様子、転校の経緯など連絡は取り合っていたけれど、直接会うのは一年ぶりほどになる。

要は坂田さんに会えるのを楽しみにしている。

坂田さんは要に会いにくるときには近隣にホテルをとり、そこにふたりで泊まり親子水入らずで過ごす。ホテルによっては要の喜びそうな大きなお風呂やプールがあるので、毎度楽しみだと言っている。

ふたりがどんな会話を交わしているか詳しくはわからないけれど、帰宅してくる要の様子からすると面白かったのだろうとは思う。

何度も坂田さんと大浴場へいったとか、アイスを食べたとか、アメリカの様子を教えてもらったなど話をしてくれた。

いつか坂田さんが私に、自分は育児もせずに要が喜ぶいいとこ取りだけして申し訳ないと謝ってきたことがあった。

自分は養育費だけ渡し、大変な子育てにはノータッチ。帰国に合わせて会いにくるだけで、父親面して申し訳ないというのだ。

私はかなり驚いた。

確かに要は坂田さんの子供に違いないけれど、紅葉が秘密で出産した子だ。妊娠したことも知らせず相談もせずに、岩手に帰ってきたのは紅葉だ。

坂田さんと紅葉がお付き合いをしているとき、いつかは身を引かないといけないとは思っていたと紅葉本人から聞いたことがある。

坂田さんのご実家は有名な商社を経営していて、将来はそれに見合うような女性と結婚して欲しいと望まれているようだと。

坂田さんはそれでも紅葉と結婚したいと思っていたようだけど、紅葉にその話をしたのは悪手だったと思う。

紅葉は、それは豪快な性格だった。明るくて優しくて、口はあんまり良くなかったけれど行動的で愛情にあふれていた。

だけど、人一倍に繊細な面も持ち合わせていた。

紅葉は坂田さんの将来を思い、妊娠を隠して夜逃げするように東京から帰ってきた。

ごめんなさい。お願い。子供を産みたいと、いまは亡き母に土下座をして許して欲しいと頼み込んだ。

何度も紅葉に小さな頃から助けられていた私は、全面的に紅葉に協力すると決めた。

だから、紅葉が要を産んだのも、いま私が育てているのも、私たちの勝手だというのに。

坂田さんは、申し訳ないと言う。

私は坂田さんが要を引き取りたいと、いつかそう申し出るんじゃないかと恐れている。

経済的な面では、とても坂田さんには敵わない。教育面でも、生活面でもだ。

未成年後見人の立場である私は、要にとっていつも一番良い環境を整えてあげたいと思っている。

だから、いつか要が坂田さんのところへ行きたいと言ったら、私は多分引き留められない。

いくら紅葉の忘れ形見で、私が実の子供のように愛していてもだ。

「パパ、仙台のホテルにとまるんだって」

「要もでしょ、朝ご飯が美味しいところを選んだって言ってたね」

「そうなんだよ。ネットで写真みたんだけど、おさしみとかおいしそうだった～」

海鮮が好きな要のために、坂田さんは朝ご飯の評判の良いホテルを予約した。

なにかあったときのために、いつも要と一緒に泊まるホテルを先に教えてくれる。

それにもうひと部屋とるから一緒にと言ってくれるけれど、毎度丁重に断っている。

いい人なのだ。

スタイルが良くて穏やかで顔が良くて、なのにちょっとだけ抜けたところを、紅葉がものすごく好きになったんだろうなと想像ができる。

それに、坂田さんは紅葉をいまも好きだ。紅葉も当時から自分が相当愛されてると自覚があっただろう。

だから、お腹に宿った命を絶つことができなかった。

もう紅葉のことは心のなかで整理して、坂田さんは誰かと結婚すればいいのにと思うけれどその気配はさっぱりない。

だから余計に、紅葉と坂田さんとの間に生まれてしまったすれ違いに、私は苦しくなってしまうのだ。

……それに、坂田さんの表情。

坂田さんは私に会うたびに、懐かしそうに紅葉の姿を重ねて見ている。

それがわかるから、これ以上は親しくならないように気を使っている。

土曜日。晴天で、風が少し冷たいけど気持ちの良い日だ。

朝からリビングや水回りを掃除して、うちの最寄り駅まで要を乗せて坂田さんを迎えに行く。

要に会いにくるたびに坂田さんは必ず、最初に紅葉にお線香をあげるからだ。

こぢんまりとした茶色の駅舎の端で、坂田さんは待っていた。

鞄の他に、紙袋がいくつも。いつもの、要や私、それに紅葉や両親へのお土産だ。

私の運転する車を見つけて、坂田さんが笑顔で手を振っている。

「あはは、パパ、子供みたい！」

「要に会えて嬉しいんだよ。一年ぶりくらいだもんね、要の背がまた伸びててびっくりするかも」

「ぼく、英語もつづけてるしね。パパに英語でしゃべってもらおう」

ゆっくり減速をして坂田さんの前に車を一時停止させると、坂田さんは慣れたように後部座席のドアを開いた。

「要、知葉さん。お久しぶりです」

「パパー！　Hello！」

「坂田さん、お久しぶりです」

短く挨拶を交わす間に、坂田さんは荷物を後部座席に置き自分も乗り込む。駅前なので、車を停めてゆっくりなんてしていられないのだ。

「要、元気だった？」

「元気だよって、おととい電話ではなししたばっかりでしょ」

「あっ、そうだった」

要と坂田さんが、朗らかに笑う。

「知葉さんも元気だった？　仕事、相変わらず忙しい？」

「おかげさまで、なんとかやってます。引越しをして、気分が変わったのも良かったみたいです。それにブルーインパルスが日常的に見られるところなんて、日本でここくらいですから」

それに、時松くんにも会えた。けれどそれは私からは話さなくていいと思った。

マンションに着くと、要が坂田さんの案内役になってくれた。私は荷物をいくつか持つのを手伝う。

部屋に入り、要は坂田さんをリビングにあるお仏壇の前に連れていった。

坂田さんがくるのに、お仏壇がいつも通り質素だと紅葉が困るかなと、買ってきた仏花を飾った。白い花が、紅葉の写真をいつもより華やかにしてくれる。

坂田さんはお仏壇の前に正座をすると、ロウソクに火をつけお線香をあげてくれた。

そうして手を合わせ、目を閉じる。

心のなかで、紅葉に話をしているのだろう。要にもそれがわかるのか、静かに坂田さんの隣に座りぴったりとくっついている。

なんで、ここに紅葉がいないのだろう。

私はじわっとあふれる涙を拭いながら、〝三人〟の邪魔をしないように静かにキッチンへ向かった。

お茶を淹れると、坂田さんは紙袋からいくつもお土産を渡してくれた。

「これは要へ、アメリカ限定デザインのスニーカー。知葉さんにはストールを」

アメリカで買ってきてくれたという、綺麗にラッピングされたプレゼントが渡される。

要はすぐに包みを解いて、スニーカーを出していた。黒字に赤の差し色が入った、スポーツメーカーのスニーカーだ。

「かっこいい！　ともちゃん、スニーカー今日から履いてもいい？」

「スニーカーかっこいいね、是非履いて！」

「やったー、パパありがとう！」

大事に飾っていたら、成長期の要ではすぐに履けなくなってしまいそうだ。

坂田さんは要からスニーカーを受け取り、靴紐も調整をしてくれている。

私に渡された高級ブランドの包み。開けるのを戸惑っていると坂田さんから声をかけられた。

「これからどんどん寒くなるから、こういうのが良いかなって。日常使いができるような、シンプルなデザインを選んできました」

そう言われたら、ありがたくいただくしかない。

包みを慎重に丁寧に開けていくと、落ち着いたラベンダー色のストールが目に飛び込んできた。

その瞬間、坂田さんのなかにまだ強く残る紅葉を感じた。ラベンダー色は、紅葉が好きだった色だ。

私が紅葉ではないことは坂田さんも十分理解している上で、それでも重ねてしまうんだろうか。

ストールに触れると、滑らかな感触にすぐカシミアだとわかる。

「ありがとうございます。大事に使いますね」

お礼を伝える私に、坂田さんは目を細めた。

今日要と坂田さんは仙台を軽く観光するらしいけど、あちこち回る訳ではないのでゆっくりしている。

淹れたお茶を飲みながら近況報告をしたり、要は夏まつりでブルーインパルスのパイロットたちと握手できて嬉しかったと話す。

「あとね、ブルーのパイロットのパインさんと、ともちゃんがおんなじ学校だったんだって！　ともちゃん、おしゃべりしてるとき、うれしそうだった～」

「そ、そりゃ同級生だもん」

にこにこ状況を説明する要に、私は時松くんを思い出して顔がほんのり熱くなってしまった。

「知葉さんと？」

「はい。高校の同級生だったんです。夏まつりの握手会で偶然再会して……」

要が時松くんがどんな人なのか、自転車の鍵をなくして困っていたときに助けてくれたエピソードを話す。

それから、うちにきて宿題をみてもらったことも。

「そうか、パパも要の宿題を手伝えれば良かったな」

残念そうな表情を浮かべて、坂田さんがしょぼんとした。普段要にほとんど関われないので、宿題の手伝いだって彼にとっては特別なことなのかもしれない。

「パパはパイロットじゃないからむずかしいよ。それにパパにも、お仕事についてききたいことがあるんだ」

「やった、聞いてきいて！　そうだ、要は飛行機が好きだけど船はどう？　うちの商船なら見せるのに案内できるんだけど」

時々忘れてしまいそうになるけれど、坂田さんは有名商社の跡取りなのだ。

「おもしろそう！　ともちゃんも行こうね！」

商船は気になるけれど、日本なのかアメリカなのか。にこにこしているから、もしかしたら両方かも。

そんな話をしていると、要の子供ケータイが鳴った。

「あれ、だれだろ」

要が子供ケータイを手に取り、「七門くんだ！」と声を上げる。

「もしもし？」と電話に出た要の会話を聞いていると、七門くんがなにかおすそ分けを持ってマンションまできてくれたらしい。

「七門くんのおじいちゃんが、りょこうのお土産をぼくたちにも買ってきてくれたんだって！　それでね、七門くんが届けてくれて！」

取りに下まで行ってくると飛び出しそうな要を捕まえて、慌ててお取り寄せで買った焼き菓子をいくつか小さな紙袋に詰めて持たせる。

「これ、美味しいからおやつに食べてって、七門くんに渡して」

「わかった！」

元気に返事をすると、要は七門くんが待っているからと駆け足で出ていった。

要がいなくなると、途端に沈黙がリビングに落ちる。いつも感じる、少し気まずい雰囲気。

それを打ち消すように、無理矢理に話題を振る。

「……いま下にきてくれてる、七門くんと要は仲が良いんです。たまにうちに遊びにきてくれるんですよ」

坂田さんは、座っていた姿勢を正して私に向き合った。そうして、さっきまでの笑みが消えた顔で私を見る。

「知葉さんが再会したっていう同級生って……知葉さんが好きだった人だよね？」

私はそれを聞いて、心臓が痛くなるほど驚いた。

「なんで……」

「紅葉から少し聞いたことがあるんだ。知葉さんに好きな人がいたけど、自分が知葉さんに干渉しすぎてふたりの仲をだめにしてしまったのを後悔してるって。その知葉さんが好きだった相手が、自衛官を目指していたって聞いてたから」

紅葉が時松くんのことを坂田さんに話していたなんて。そして後悔していたなんて知らなかった。

私はどう返事をしたらわからなくて、ただ膝に置いた手のひらを握りしめる。額に汗が浮く。

「いまも、その人が好き？」

私の焦りとは裏腹に、坂田さんの声は冷静だ。

真っ直ぐに私を見る瞳は、落ち着いているように見える。だから余計に私は、どう返事したらいいのかわからなくなる。

「す、好きだなんて……、だって私には要がいますから」

恋なんてしたら、要を不安にさせてしまう。

それに時松くんは独身で、人気者で、ファンの女の子だっていっぱいいて……！

「うん。だから、僕と結婚しませんか？」

──頭が真っ白になった。坂田さんは一体なにを言っているのだろう。

紅葉の仏前で、一体なにを──。

目を見開き言葉の出せない私に、坂田さんは淡々と話す。

「お互いに要を大事にするなら、これが一番良い方法だと思うんだ。実の父親の僕と、育ての母親である知葉さん。僕たちが結婚したら、要は喜ぶ。両親も納得しているから、要とふたりでアメリカにきて欲しいと思っています」

とても人にプロポーズをしている雰囲気ではない。

甘くも温かくもなく、ただそうした方が要のために良いという〝提案〟が目の前に示される。

それに坂田さんのご両親が納得していると聞いて、これは折れたのだなと思った。

一途に死んだ恋人を想い続ける坂田さんは、もしかしたらこの先ずっと結婚しないかもしれないとご両親は危惧したはずだ。

その坂田さんが、恋人の残した自分の子供。要を育てる私と結婚すると言い出したら。

坂田さんと血の繋がった、要の存在はご両親にとっても大きいだろう。

ここで反対したら、坂田さんは絶対に一生誰とも結婚しなそうだ。

だから、反対できなかったんじゃ？

「……いきなり、そんなことを言われても困ります！　それに、坂田さんが想っているのは紅葉でしょう！」

やっと、絞り出すように声が出た。

坂田さんは頷く。

「そう。僕が愛してるのは紅葉だけだよ、これからもね。だからだよ」

「だからって……？」

「知葉さんは、もう誰とも恋愛をするつもりはないだろう。僕も同じだ。だからお互いに、要を大事にしたいっていう利害が一致しているでしょう」

今度はにっこりと笑う坂田さんは、なにも間違ったことなんて言っていない風だ。

言葉が出ない代わりに、時松くんの顔が浮かんだ。

また静かに想うだけにとどめなくちゃと、考えていた。

時松くんは、そのうちにいなくなるから。

だけど。

「でも、要が成人したら？　私たちが一緒にいる意味がなくなります。でもそこで離婚なんてしたら、要がきっと悲しみます……！」

「離婚なんてしない。要が成人しても、僕は知葉さんの生活の保証をする。ずっとね。だって……」

坂田さんが、穴が空《あ》くほど私を見つめる。

「だって、死んだ人とは結婚できない。けれど、紅葉と同じ顔をした知葉さんなら生きてるし、結婚できるでしょう？」

やっぱり、私の勘は間違ってはいなかった。

坂田さんは、私を紅葉と重ねて、紅葉の身代わりにしようとしている。

ゾッとした。普通じゃないと思ってしまった。

「そんなの、おかしい……っ」

張り詰めた空気のなか、要が「ただいま!」と帰ってきた。包装された小さな箱が入っている紙袋を私に「見てー!」と渡してきた。

「七門くんのおじいちゃん、温泉にいってきたんだってさ。おまんじゅうだから、早く食べてねって言ってた。あと、お菓子ありがとうだって」

さっきまでの張り詰めた空気が、要の明るい声で一気に霧散していく。

坂田さんも、何事もなかったように要の話を聞いている。

「あ、えっと、じゃあ帰ってきたら食べようか」

私は受け取った紙袋から、おまんじゅうの箱を出してテーブルに置く。

「うん! あれ、ともちゃん、どうしたの。手がふるえてるよ」

そう言われて自分の手を見れば、小刻みに震えているのに気づく。

胸の辺りは重く苦しいし、とてもまともに坂田さんの顔が見られない。

しん、とリビングに沈黙が落ちる。

「……じゃ、そろそろ行こうか。駅まではそんなに遠くなさそうなので、歩いていきます。要、駅に向かいながら学校のことを教えてもらっていい?」

「でも、ともちゃんが……っ」

心配する要に、私は笑顔を作る。

「疲れてるとたまにプルプルしちゃうんだよね。平気だから、ありがとうね」

「ほんとう？」

「うん、大丈夫だよ」

ほら、と手をグーパーして見せる。

腰を上げようとする坂田さんを見て、要が慌てて上着をきて、用意をしてソファーに置いてあったリュックを背負った。

「……では、さっき話したこと考えておいてください。見送りは大丈夫です。要、行こうか」

坂田さんは要の小さな背中に手を添えて、要の「行ってきまーす！」という声と共に玄関から出ていった。

バタン、と静かに閉まった玄関扉の音を合図にしたように、一気に体の力が抜ける。

詰めていた息を吐くと、そのまま体がぺしゃんこになりそうだ。

「……どうしよう……どうしたらいい……？」

困惑と不安と、それから時松くんの顔が浮かんで、私は声を殺して蹲《うずくま》り泣くことしかできなかった。

そのまま仕事も手につかず脱力したまま、夕方までリビングでぼうっとしてしまった。

足元から冷んやりとした空気がまとわりつき、ぶるりと身震いをする。

開けっ放しのカーテン、窓の向こうの空は燃えるような赤い色をしていた。

西日がどんよりとした空気に満ちた部屋を染め上げて、私はただそれをソファーから眺めていた。

人生ではじめてしてもらったプロポーズは、喜びも感激の涙もなかった。

自分は紅葉の代わりだとはっきりとわかった。それに坂田さんに対して一切そういった感情を持っていないことを更に自覚して、結婚の申し出に対して困惑するばかりだった。

そして重ねて、要にとっては悪い話でないことにもショックを受けてしまった。前の学校からの転校理由、あれは決して私の心にも傷を残さなかった訳ではない。

変えられない事実が、そのことが要を傷つけてしまったのが辛い。色々な事情を持つ家庭があることは頭ではわかっていても、実際にそのことが要を傷つけているのを目の当たりにして……ショックを受けたのだ。

坂田さんと結婚をしたら、要には両親ができる。実の父親の坂田さん、産みの母である紅葉の姉である私。

私と坂田さんの間にお互いを想う気持ちがなくても、要を思う気持ちだけは一致している。

なのに、私は……プロポーズを拒んでしまっている。

リビングの端で、白い仏花も部屋と同じ夕焼け色になっている。それが目に入り、力のあまり入らない体で立ち上がり仏壇の前に座った。

写真立てのなかで笑う、紅葉の顔を見る。

何年経っても変わらない綺麗な笑顔で、紅葉も私を見ている。

私たちは性格は真反対だったけれど、割となんでも話をする姉妹だった。

言えないこともあったけれど、いつでもお互いの一番の理解者であろうとした。

同じ細胞が分裂した、同じ顔の私でない人間。

紅葉と私は鏡合わせみたいに似ていたけど、私たちは別々の人間だった。

「……紅葉、坂田さんに目を覚ませって言ってよ、私に紅葉を重ねたって別人だよ」

同じ顔の別人と暮らしたって、紅葉と比べるたびに私に幻滅していくだけだ。

違いをまざまざと見せつけられて、幻滅して、紅葉への想いが募るばかりになるだろうに。

私は坂田さんがくれた、ラベンダー色のストールの入った箱の蓋を開けてお仏壇に向ける。

「ほら見て。これって紅葉の好きな色なんだよ。紅葉だって、好きな人が自分の姉と結婚するなんて絶対に嫌でしょう？　だって紅葉、最期まで坂田さんを好きだったもんね」

紅葉の病気がわかったとき、紅葉は私に一日だけ時間が欲しいと言った。必ず帰ってくるから、要をみていて欲しいと。

私は直感で、紅葉は坂田さんに会いに東京へ行くんだろうと思った。

私たちは同じ病気で母を亡くしていたから、紅葉は残された時間で自分がどのくらい動けるのかわかっていたと思う。

逃げるように坂田さんの元から去ったけれど、本当はずっと会いたかったんじゃないかな。

それか、謝りたかったのかもしれない。

自分にはもしかしたら、時間がないかもしれない。一生坂田さんから要を隠してひっそりとこれから育てていくつもりが、病気に突然タイムリミットを突きつけられたようなものだ。

病気に、紅葉は迷う背中を押された。

けれど、紅葉は東京へは行けなかった。

家を出たけれど、大きな駅で具合が悪くなっているようだと職員の方から連絡がきて、私は要を抱えて慌てて迎えに行った。

救護室の簡素な椅子に座り、紅葉は青い顔をして項垂《うなだ》れていた。

私が呼びかけると顔を上げて、ただひと言「ごめんね」と眉を下げて無理に笑顔を作り謝った。

東京へ向かう新幹線の自由席のチケットを強く握りしめた手は、真っ白になっていた。

朝から、ホームで何本もの東京行きの新幹線をぼんやりと見送っていたらしい。様子がおかしいと、いつまでも動かない紅葉を見ていた清掃員の方が声をかけたのだと、駅員さんが私に教えてくれた。

緊張したんだろうか。

いまさら会いにいってもと、土壇場で思ってしまったんだろうか。

東京へ向けて過ぎ去る新幹線を、どんな気持ちで見送っていたのか。

動けなくなって、東京へ行くことも帰ることも難しくなって……。

想像しただけで、いまでも胸が痛くなる。

「坂田さんの夢枕に立ってさ、私以外の人と結婚なんてしちゃ嫌だって言ってよ」

当たり前だけど、写真の紅葉はなにも答えてはくれない。

「……私、坂田さんと結婚なんてできないよ。だって、そこで見てたでしょう？　時松くんとまた会えたんだよ……」

時松くんと、どうこうなろうとする気持ちはない。奇跡が起きても私には要がいるし、要の父親である坂田さんとの関係も理解してもらわなくてはいけない。

だから、ものすごく難しい。

仕事机周りの配線が絡まるように、どれも大事で外せないから増えて絡まってごちゃごちゃになる。

お仏壇の紅葉と向き合ううちに、とうとう日は完全に落ちた。

薄暗闇が広がったリビングは、いつもとは違いしんと静まり返っている。

こんなに静かなのは、要がこうやって坂田さんに会うときだけだ。普段なら英語塾へ送っていったり、夕飯の支度をしている。

要が楽しそうに話す学校の様子を聞く、そんな時間だ。

いま頃、要たちは仙台で夕飯でも食べている時間だろうか。好き嫌いのあまりない子供だから、大体どのお店に入っても自分の食べたいものを選んでくれる。

せっかく宮城県に引越してきたのに、仙台にはまだあまり行ったことがなかったから、食も観光も楽しんできて欲しい。

明日、要が帰ってくる時間には心配かけないように笑ってなくちゃいけない。

「……紅葉じゃなくて……」

そう呟いて、続く言葉を無理矢理に飲み込んだ。

——紅葉じゃなくて、病気には私がなっていたら……。

そう声に出して言ってしまったら、心が挫けてしまうと防衛本能が働く。

思っていても、言ってしまったらいけない言葉だ。

「だめ、だめダメ」

拳で自分の額を軽く小突いて、息を吐く。それからどす黒い思いを振り切るために、勢いをつけて立ち上がった。

薄暗いリビングの明かりをつけて、カーテンを閉める。それからキッチンへ行き、冷蔵庫のミネラルウォーターを一気にあおった。

勢いが良すぎて、口元が濡れたけれど気にしない。いっそ、頭から被りたい気分だからだ。

口元をぐいっと拭うと、微かになにかがブーッブーッと振動して鳴っているのに気づく。耳を澄ませてみて、それが自分のスマホからだと気づいた。

「……あ、スマホだ」

どこだっけなんて一瞬考えて、坂田さんを迎えに行って帰ってきたときからずっと自分の鞄のなかだと気づいた。

鞄は自室を開けてすぐの、床に置きっぱなしになっていた。暗い部屋のなか、鞄に手を突っ込んで取り出す。

ディスプレイには、時松くんの名前が表示されていた。

手のなかで震え続けるスマホに、息を呑む。

時松くんからの連絡は、大体はトークアプリのメッセージからだ。それがいきなり電話だなんて、無意識に悪い方へ考えてしまう。

しかしそれは出てみないとわからないので、私は思い切ってその場で通話ボタンをタップした。

「……っ、もしもし?」

一瞬の間。それから、時松くんの声がした。

『……あっ、繋がった。夕飯どきにごめん』

その声の様子には緊急性は感じられなくて、私は再び脱力した。

「や、平気……ひとりだから、ぼうっとしてた。なにかあった？」

なんにもない風に、空元気を出す。

『……実家から野菜が届いたんだけど、ひとりじゃとても消費できない量でさ。南瓜《かぼちゃ》なんて大きいのが二つもあって。もし良かったらおすそ分けに持っていきたかったんだけど。要くんは野菜はなんでも食べられる？』

おすそ分けは嬉しいけれど、時松くんの顔を見るのは少し迷ってしまった。

だけどそれは私の勝手な都合で、時松くんはなにも悪くない。それに、要の好き嫌いまで気を使ってくれてありがたいと思った。

「ありがとう。要は好き嫌いがほとんどないから、喜ぶよ」

時松くんがおすそ分けしてくれた南瓜だなんて、大喜びするだろう。

『それは良かった。……ところで、要くんどこかに行ってるの？　それに、なにかあった？』

ドキリとした。

坂田さんにプロポーズされて動揺してるなんて、言える訳がない。

明かりをつけていない暗い自室のなか、どう答えようかとひたすら壁を睨《にら》む。

「え、いや、普通に元気だよ。要は……要のお父さんが会いにきてて、今夜はふたりで仙台に一泊するの。私は久しぶりにひとりだから、夕飯どうしようかなってぼーっとしてただけ」

ははは、と笑ってみたけど、時松くんはすぐに反応してくれない。

「……時松くん？」

少しの沈黙もなんだかソワソワしてしまって、返事を急《せ》かすように名前を呼んでしまった。

『知葉、今夜一緒に飯食べないか？』

よどみなく、はっきりとした時松くんの声に、真っ暗ななかで壁を眺めていた私は飛び上がるほど驚いてしまった。

「ご、ご飯？」

『うん。高校の頃、帰りに買い食いとかしたけどゆっくり一緒に飯食ったことはなかったろ？』

「確かに……」

とぽろりと返事したあと、しまったと思った。ここから、ご飯の誘いだけどう断ったらいいんだ。

『……無理？』

またもやはっきりと聞かれて、「無理」と返事ができなくなってしまった。

本当は会いたい気持ちもある。時松くんが松島から離れる前に、あと少しだけ思い出が欲しかった。

諦めようとしたり、会いたいと思ったり、矛盾だらけの自分に振り回されているけれど。

今回だけ。ふたりきりで会うのは、これが最後。そう決めると、胸は速く鼓動を打ちはじめる。

「ううん。今夜なら大丈夫」

『良かった。いまから行くけど、いいかな』

私は「わかった」と返事をして、気をつけてきてねと伝えて通話を切った。

「時松くんと一緒にご飯か、どこ行くんだろう」

基本的に外食するときには要とふたりなので、ファミレスがほとんどになる。

こっちに引越してきてもそれは変わらずで、大人の男性と食事するのに良さそうなお店が思いつかない。

いまからでも調べた方が、とスマホをまた手に取ったけれど、急にプロポーズの件を思い出して心が重くなってきてしまった。

「……顔に出さないようにしなきゃ、また心配させちゃう」

きっと酷い顔になってる。とりあえずその確認と、軽くメイクを直すために暗い自室から洗面所へ向かった。


それからしばらくして、時松くんはうちにきてくれた。

玄関を開けると、紙袋やビニール袋をぶら下げた時松くんが「こんばんは」と言って立っていた。

夜の空気はすっかり冷たく、冬の匂いも微かにする。

トレーナーにアウトドアブランドの上着を羽織り、皺《しわ》のないチノパンツ姿の時松くんは、やっぱり清潔感にあふれている。

それに忙しいはずなのに、やつれたりせずにいかにも健康そうだ。それだけ自己管理をきちんとしているのだろう。

時松くんは玄関には入らず、紙袋を差し出した。

「まずこっちが、電話で言ってた野菜。重いから気をつけて」

渡された紙袋は二重になっていて、ずっしりと重い。一度振り返り廊下に置かせてもらい、しゃがんで中身を確認する。

「あっ、これが言ってた南瓜だね。さつまいもも、大きな栗もたくさん入ってる。これだけあればグラッセを煮ても、栗ご飯が炊けるよ。こんなにいいの？」

「もらってくれて助かるよ、まだ半分以上うちに残ってるし。俺がひとり暮らしだってわかってるのに、旬のものだからって送ってくれたんだけど……さすがに消費しきれない」

「少ないより、多い方がいいだろうって親心だね」

いただきます、と言ってお礼を伝える。すると、時松くんはビニール袋の方も渡してきた。

「電話の感じで、やっぱり元気ないなと思ったから美味い弁当買ってきたよ。はい」

「えっ、お弁当？」

「うん。出かけるのは、また今度にしよう。腹いっぱい食って、元気出してな」

ずい、と出されたビニール袋も受け取ると、お弁当は作りたてなのか底が熱い。しかも、二つも入っている。

また、と言って去ろうとする時松くんを、私は慌てて引き留めた。

「ちょ、ちょっと待って！」

「ほら、寒いから早く部屋に戻れ」

そう優しくうながして私に笑いかける。

あんな短い通話だけで、私の様子がおかしいと気づいてくれた。それに気を使って、お弁当まで買ってきてくれるなんて。

長く〝強いお母さん〟であろうと走り続けた私には、もうそれがどれだけ嬉しかったか。

だめ、泣きそう。泣いたら驚かせてしまうと、無理矢理に笑顔を作ったら時松くんにギョッとされてしまった。

「どうした、やっぱりなにかあったんだろう？　あっ、涙が、拭うから……触るからね」

「泣いてないよ、ないてない……」

涙を流しながら笑顔を作って、結構めちゃくちゃだなと自分で思う。だけど心は私、お母さんではない、ただの私にどんどん戻ってしまう。

時松くんが親指の腹を使って涙を拭ってくれるのがありがたくて、余計に泣きたくなる。

玄関の扉は開けっ放し、片手にお弁当の袋をぶら下げた女がわんわん泣いて、長身イケメンが困惑しながら涙を拭う。

誰が見ても興味を掻き立てられる場面だろう。

時松くんはある意味有名人だから誰かに見られたら困る。

「……こっち、部屋上がって」

「でも、あっ」

私は時松くんを玄関に軽く引っ張り込んでから、扉を閉めた。

「……困らせちゃってごめんなさい。なんか……あったかいお弁当もらったらホッとしちゃった」

「そんなに腹減ってた？　弁当二つ買ってきて良かった」

ふふっと笑う時松くんの顔には、それだけじゃないだろうと書いてある。だけど、口に出さないでいてくれるのがありがたい。

「お弁当、まだ温かい」

「知葉がどんなものが好きかまだわからないから、美味そうなのをまず二つ買ってきた。この弁当屋の米がまた美味いんだ」

「二つあるなら、一緒に食べよう。お茶淹れる」

時松くんは一瞬、いいのかなという表情を浮かべたけど、帰るとは言わず部屋に上がってくれた。

リビングに入り、時松くんにソファーに座るようにすすめる。そこから、お仏壇の前に私が置きっぱなしにした、坂田さんからいただいたストールの箱が目に入ったようだ。

私がテーブルにお弁当の入った袋を置きキッチンへ向かおうとすると、時松くんはお仏壇を見ながら話しはじめた。

「……懐かしい。紅葉、いっつもあの色のものを身につけてたよな。ハンカチとかマフラーとか……知葉は逆に、薄い暖色系が似合ってて双子でも違うんだなって思ってた」

びっくりして、息が止まるかと思ってしまった。

途端に、懐かしい高校時代の思い出が頭に駆け巡る。元気だった紅葉、私と、時松くん。

紅葉と時松くんはテンポ良く会話をしていて、私はそれを聞いていた。

笑ったり、羨ましがったり、ふたりを眺めたり。私も紅葉のように、時松くんとざっくばらんに話ができたらいいのにとずっと思っていた。

でも、時松くんは紅葉が好きだったから。

ふたりの邪魔にならないよう、見守るだけでいっぱいいっぱいだった。

時松くんは紅葉の好きな色、そして私の身につけていたものの色も、似合ってると言ってくれた。

覚えていてくれた。似合う色を知っていてくれた。それが、私にはいまものすごく救いになっている。

私は、わたし。要のお母さんだけど、紅葉の代わりじゃない。

私は、坂田さんに紅葉の代わりにされそうになって自尊心が酷く傷ついたのだ。

「……うん、そうなの。紅葉はラベンダー色が好きで、私は薄いオレンジ色とか、桃色が好きなんだよ」

視線をこっちに移した時松くんは、にこっと微笑む。

「だよね、やっぱり間違ってなかった。知葉はそういう色が似合う」

そうなんだよ、私はこういう色が好き。

ラベンダー色は紅葉の色で、私には似合わない。

「ありがとう。時松くん、ありがとうね」

堪らなくなって我慢できずにまた泣き出すと、時松くんは「どうした～」と私の手を引いてソファーに座らせた。

はじめて触れた温かな手のぬくもりに、握り返したくなるのをぐっと我慢する。

一生忘れないと心に刻みながら、それを離した。

「ごめん、心配させるつもりなくて……っ」

「わかってる。大丈夫、いいから」

はぁっと息を吐いて、どうにか涙を止めようとする。けれど時松くんや思い出があまりにも優しくて、私の涙腺は壊れてしまった。

要がいたら、心配させてしまっていただろう。逆に、要がいなかったから泣けたのだ。

リビングに置かれたティッシュボックスから、時松くんが次々とティッシュを渡してくれる。私はそれを受け取り涙を拭き、鼻も拭いた。

懐かしい思い出に浸れたことで、私は長く時松くんに対して謝りたかったことを口にしようと勇気を出す。

「……高校のとき、最後の方で時松くんを避けちゃって……。紅葉とのこと、応援できなくてごめんなさい。それに、紅葉が亡くなったときにすぐ知らせられなくて……

それもすみませんでした」

ソファーに並んで座っていたけれど、私は立ち上がって時松くんに深く頭を下げた。

「……待って！　紅葉とのことって……？」

頭を上げて、その質問に答える。

「高校の頃の、時松くんと紅葉のことだよ」

もう十二年経っている。いまさら謝らなくても、時松くんはもう区切りをつけて忘れていたのかもしれない。

私は、苦しくてぐっと息が詰まりそうになりながらも説明する。

「時松くん、紅葉のことを好きだったよね……？」

私の言葉を聞いた時松くんは、あの握手会のときのように目を見開いた。

本当にびっくりしたみたいに、口を開けたままなんにも言えないようだ。

暖房を入れていたエアコンが、ゴォッと音を立てて暖かな空気を吐き出した。沈黙が落ちたリビングで、それがやけに耳につく。

「……え、俺？　俺が、紅葉を……？」

「うん。ふたりは仲が良かったし、なんか……内緒話もしてたよね？　仲良いなって、時松くんは紅葉が好きなんだろうなって……だから私は距離を取ったの」

ふたりは、よく内緒話をしていた。

紅葉に時松くんとなにを話してたのって聞けば良かったのに、私はその勇気が出なかった。

いつかふたりは付き合うんだろうなと、それを見るのが辛くて時松くんから距離を取ったのだ。

切れ長の時松くんの瞳が、薄く水の膜が張ったように潤む。私はそれに驚いて、向けられた視線が絡んだまま見つめ合う。

「内緒話は……、俺は紅葉から、知葉のことを聞いてた」

——紅葉から、私のことを聞いていた？

どうして、なんで……？

頭のなかが、一瞬で真っ白になってしまった。

「だって、ふたりはいつも仲良さそうで……」

「俺は紅葉から、毎度知葉を泣かせるなって言われてた。最初に会ったときから、めちゃくちゃ敵意むき出しだったろ？　図書室からはじまって、結局話をしなくなる卒業前まで言われてたよ」

「……時松くんは、紅葉を好きなんじゃなかったの？」

声が震える。

私はずっと、ずっとそうだと思ってあのとき身を引いたのだ。

時松くんの真剣な眼差しが、私をそのまま射貫く。

心臓がおかしくなってしまうんじゃないかと思うくらい、激しく鼓動を打ちはじめる。

「俺が好きなのは、知葉だよ」

急転直下、青天の霹靂《へきれき》、寝耳に水。そんな言葉がぐるぐると頭のなかで回る。

「いまも、知葉が好きだ」

ぐるぐるだった頭に、雷が一撃落ちた衝撃。

私は立っていられなくて、ソファーとテーブルの間にへたりこんでしまった。ガガッとテーブルが音を立ててズレた。

「大丈夫か、こっち座れる？　気をつけて……」

変な場所に挟まってしまった私に、時松くんは手を貸しソファーの隣に座らせてくれた。

いまも、とは。

聞き間違いでなければ、時松くんは私を――。

私も、私も時松くんをずっと……と言いかけて口をぐっとつぐむ。

もし、私が時松くんに気持ちをいま打ち明けてしまったら。

いままで要と築いてきた生活に、たくさんの変化をもたらす。要が安心して、子供らしく生きていける環境を整えるのが私の役割だ。

可愛い要、大事な紅葉が残した要を、私の都合で不安にさせてはいけない。

それに未来ある時松くんに、色々を抱えた私なんて負担にしかならない……。

あのとき、高校時代に私がもっとふたりから目を逸《そ》らさずにいたら。

勇気を振り絞って、協力して欲しいと紅葉に言えていたなら。

傷つくことを恐れずに、時松くんに好きだと伝えられていたら。

勝手に勘違いをして離れて、十二年の間に想像もしていなかった場所に辿り着いた。

もうひとつの、あるかもしれなかった時松くんとの人生は……いまはもう私には眩しすぎてもったいないものだ。

なんにも言えなくなってしまった私に、時松くんは「わかってる」と言う。

「知葉がいま、すぐに返事ができる状況でないのはわかってるから。俺は高校時代を含めて十二年も、離れて連絡できなくても知葉を好きだったんだ。だからこれから先も、俺は何年だって返事を待てる」

重い男だろ？なんて、時松くんは笑う。

そんなの、私だって同じだ。

好きだった。いつまでも時松くんが心のなかにいて、忘れるなんて無理だった。

だけど私は精一杯首を横に振ることでしか、自分の気持ちを伝えることができなかった。

＊＊＊

高校時代、勇気が出せずに紅葉を頼った俺のせいで、知葉を傷つけてしまっていた。

避けられていたことを謝罪されて、そこでその理由が明らかになり愕然《がくぜん》とした。

内緒話、そんなことをしょっちゅう目の前でやられたら普通に勘違いもするし嫌にもなる。

俺はあの頃、必死になりすぎて知葉と近づく方法を間違いまくっていたのだ。

紅葉から情報を聞くより、側にいた知葉本人に直接聞くべきだった。

恥ずかしいとか照れるとか、必死なところを見せたくないとか格好つけてる場合ではなかったんだ。

過去に戻れるなら、もっと知葉と向き合えと尻のひとつでも引っぱたいてやりたい。

十二年後に、奇跡に近いかたちで知葉と再会できた。

知葉は紅葉の残した子供、要くんの母親代わりをしている。

俺が見て察する限り、要くんの父親以外に異性の影を知葉からはまったく感じなかった。真面目な知葉だから、要くんがある程度成長するまでは自分の恋愛などは控えていたのだろう。

――俺は今度こそ、勇気を出すと決めている。気持ちを伝えて、いつかそのときがきたら知葉から選ばれる男でいたいと。

三十歳になって良かったと思うのは、待つことが以前より苦にならないことだ。欲が先走る前に、理性が働く。高校時代に必要だったのは欲かもしれないけど、いま確実に必要なのは知葉の事情を優先できる理性だ。

目の前で健気に首を横に振る知葉を見て、まだまだ待てると俺は確信できた。

知葉から、好意のようなものを感じる瞬間がある。けれどそれを抑え込むような、そんな一瞬の表情を俺は見逃してやれなかった。

俺は今度こそ、知葉と一緒になりたい。

要くんとも家族になりたい。

けれど、知葉と要くんが積み重ねてきた生活に、他人の俺が気持ちを押し付けて突然入り込むのは無神経だともわかっている。

だから、ゆっくり受け入れてもらえるのを待つつもりだ。

「……時松くんは、私が元気ないってどうしてわかったの？」

泣きやみはじめた知葉が、ぽつりと質問してきた。向けられた瞳は、庇護《ひご》欲を掻き立てる涙で濡れている。

いますぐ目の前の細い体を抱きしめて、全部俺に任せろと言いたい。けれどそれは、自分勝手で知葉を困らせるのを理解している。

俺は横からティッシュを渡しながら、騒ぐ気持ちを理性で抑えながらその質問に答えた。

「電話してる間の空気と、声色かな。知葉のことは特に気にしてるから、気づいたのかも」

いまも好きだと伝えたので、押し付けなければ理由を隠す必要はない。

「……気にしてくれてるんだ」

言葉のトーンに、嬉しさが滲《にじ》み出ている。

元気をなくした理由、要くんが父親に会っているからナーバスになっている？　それとも、また違う理由があるんだろうか。

いま俺にできる一番のことは、側にいても許されている事実に感謝しながら励ますこと。

知葉が隠すなら詮索はしない。

涙をとめて、泣くほど重い知葉の気持ちを少しでも軽くするのが役目だ。

それを、俺がしてもいいだろう？と紅葉の写真のあるお仏壇に目を向ける。

「気にするよ。それに、ひとりで要くんを育てていてすごいよ。あんな素直で、きちんとお礼が言えて、しっかりしてる。俺が小学生の頃なんて、ひねくれていて可愛くなかったもん」

知葉はびっくりしたような顔をして、「嘘だぁ」と小さく笑う。それを見て、すごくホッとした。

「嘘じゃない。生意気で口も悪くて、母親を困らせてばっかりだった。でもある日姉にキツめに詰められて、あんまり自分勝手だと人から好かれなくなるって言われて。最初は気にしなかったんだけど、母親の俺を見る目に呆れ……みたいのを感じて急に怖くなったんだ」

母親の言葉を屁理屈で言い返した瞬間の、あのゾッとした感覚は子供には強烈なものだった。母親が疲弊して俺をそういう目で見はじめていたことを、姉は気づいて忠告してくれたのだ。

「だから母親の苦労は、かけた側の自分だからよくわかってる。母親の辛抱強さみたいなものも、わかったのはそのときだ。要くんを育てるのに知葉がどれほど気を配っているのかも、俺が身をもって知った範囲だけどわかるつもりだよ」

それに、ブルーを見にきてくれる親子連れを見ていてもそう思う。親は子供が楽しめるようにと、たくさんの準備をしてきてくれる。

待つ間、退屈や窮屈な思いをしないように。

思い切り楽しめるようにと、子供の格好や親が抱えてくる大荷物からわかるから。

「ふふ、ありがとう。子育ての正解がわからなくてずっと手探りだけど、要のことを良く思ってもらえたのがすごく嬉しい」

笑ってくれるようになった知葉に、俺は嬉しくなって続ける。

「知葉も、綺麗になっていて驚いた。高校のときは可愛いかったけど、いまは綺麗になってるから一緒にいると緊張する」

知葉は「えっ」と声を上げて、それからすぐに首まで真っ赤に染めて両手で顔を覆ってしまった。

「やだ、冗談言わないで」

「冗談じゃないよ。俺は会うたびに緊張してたし、毎日スマホに知葉から連絡がきてないかチェックするのが日課になってる」

朝と夜。

最低でも二回はチェックするし、なんならいままで送られてきた、数通のメッセージだって繰り返し読んでいる。

「と、時松くんはモテるんだから、私じゃなくたって……！」

咄嗟に出た知葉のこの言葉は、本心なのだろうと感じた。

知葉は多分、自分が抱えているものが俺の負担になるだろうと考えてくれている。

もしかしたら、俺が知葉との再会に浮かれているだけと心配しているのかも。

浮かれているのは、間違いない。

浮かれもする、十二年も想い続けた知葉と再会できたんだから。

絶対に、再度繋がった縁を二度と手放すものか。

「諦めて、知葉」

「な、なにを!?」

俺は返事の代わりに、思いっきりニコーッと笑顔を向けた。

四章

おすそ分けとお弁当を持って時松くんがきてくれた翌日。

要から朝一番に、お昼ご飯を食べてから帰りたいと連絡があった。

坂田さんは仙台から新幹線で東京へ戻るため、私が車で仙台へ行き要と坂田さんを見送り、また車でこっちに帰ってくる予定だ。

何時頃に坂田さんとバイバイするのか、決まったら要に連絡して欲しいと頼んでいたのだ。

七時半には起き、洗濯をしながら要の連絡を待っていた私は、時計を眺めながら逆算して迎えに行く時間を決めていた。

まだ午前中の早い時間だ。とりあえず洗濯機が止まるまでと、コーヒーを淹れた。

ソファーに座ると、昨日ここに時松くんが座って、私をいまも好きだと言ってくれたことを思い出してしまう。

いや、時松くんが帰ってから、ずっと考えている。

高校時代の自分の勘違いのせいで、時松くんから離れてしまったことを酷く後悔した。

だけど泣かなかったのは、離れてからの人生に後悔がほぼないからだ。

大変なことは星の数ほどあったけれど、多分これは私の役目だったのだと思う。

母親と紅葉を看取り、要を引き取り育てる。

もし私の選んだ道にひとつでも違いがあったなら、紅葉は実家に戻ってこず、要は私の手元にいなかったかもしれない。

そんなのは、想像するだけでおかしくなりそうだ。

——考えるのは、これからのこと。

時松くんから気持ちを伝えられて、私は返事ができなかった。

待ってる、と時松くんは言ってくれた。

私は勝手に、要がある程度更に成長するまで待っていてくれるのだと解釈した。

でも、それってだいぶ先だ。

要が成人するまでには、少なくともあと十年はある。

十年、時松くんの時間を奪ってしまっていいのだろうかと考えてしまった。

すぐに返事ができない、時間を奪ってしまうと悩むなら「付き合えない」と返事をすればいい。

それに坂田さんの件もある。順番的には、まずそちらからどうにかしなければならない。

はっきりしない私には、悩み考えることがいっぱいで。

コーヒーをひと口すったあと、「ああー……」と声を上げてソファーにひっくり返った。

お昼過ぎ。約束した時間に間に合うように、要を迎えに家を出た。

坂田さんがプレゼントしてくれたラベンダー色のストールは、お仏壇の前に置いたままだ。

車で約一時間。

暮らしている辺りに比べて、仙台はかなり都会に感じる。

駅から少し離れた場所にパーキングエリアを見つけたので、そこに車を停めて駅まで歩く。

電車できても良かったけれど、要は絶対に坂田さんから色々買ってもらい荷物が出発したときより増えているはずだ。

それに帰りにスーパーにも寄りたかったので、思い切って車できてみた。

週末の仙台駅の周辺は、キャリーケースを引いた観光客や買い物をする地元の人で混み合っていた。

普段は要の学校と塾、それにスーパーくらいにしか行かない私には酔いそうなほど人が多い。

ぶつからないよう、うまくかわしながら、行き交う人の波をぬい歩いて駅に入る。

仙台駅は天井が高く近代的で、時間があればあちこち見て回りたいと思わずキョロキョロしてしまう。坂田さんを見送ったあと、要と散策してみたい。

待ち合わせ場所に指定された新幹線の改札口前では、坂田さんと、やはり荷物が増えた要が私を見つけて手を振っていた。

増えた荷物のためか、真新しい大きめな青のスポーツバッグを要が肩からかけている。きっとあのなかには、買ってもらった本や洋服などが入っているのだろう。

坂田さんは私を見ても、いつも通りに大人の対応で微笑んでいた。特に好意もなく、まるで近所の人にでも会ったような風だ。

会釈して、真顔になっていた。

私は、昨日聞かされたプロポーズは今日、ここで断ろうと即座に思った。

要のためにと考えたけれど、私はいままでも要を一番に考えてきた。

要がもっと自分の意見を言うようになったときに、改めてまた考えればいい。

めそめそしながら要のためと坂田さんと結婚したら、坂田さんはそのうち私を『紅葉』と呼ぶようになる気がして肝が冷えたのだ。

それに要だって、自分のために私たちが結婚したと知ったら、少なからず傷つくときがくる。聡《さと》い要のことだから、必ずだ。

そして代替されそうになって傷ついた私の自尊心は、自分で解決しながらでないと修復できないと感じた。

こんな風に気持ちを切り替えられたのは、昨日私を〝私〟として扱ってくれた時松くんのおかげだと強く思う。

坂田さんは、坂田さんの傷の癒《いや》し方を探して欲しい。私を代わりにしたって、本気で割り切らない限りそれでは余計に傷が深くなるばかりだ。

結婚はできないけれど、話を聞くことはできる。東京での紅葉の暮らしぶりは、どうだったか詳しく教えて欲しいくらいだ。

紅葉は楽しかったことはたくさん教えてくれたけど、悲しかったことを全部打ち明けてくれていたとは思っていない。

なんでも言い合えるのは、母のお腹から一緒だった私たちだけだと、言ってたのは紅葉なのに。

坂田さんから、色々聞いてやるから。

そう考えたら、元気が少しわいてきた。

「お待たせしました。要、楽しかった？」

要はふふんっと鼻息を荒くしながら、肩にかけたスポーツバッグを私に見せた。

「パパがね、バッグも本も、新しい筆箱も買ってくれたの！　ともちゃんに、お菓子のお土産もあるよ」

「やった、楽しみ。帰ったら早速食べよう」

そう提案をすると、要は大喜びした。そうして子供ケータイを持って、やたらとキョロキョロそわそわしている。

「パパ、まだ新幹線くるまでじかんあるんだって。ぼく、駅の写真をとりたいんだけどいい？」

新幹線は撮れないけれど、はじめてきた仙台駅のなかの写真を撮っておきたいという。

写真を撮るのも好きな、要らしい。

「じゃあ、ここから見える範囲にいてね。人にカメラを向けないように。カメラに気を取られて周りに注意が向かないのはだめだよ。写真を撮るときには、人の邪魔にならないようにね」

いつも口を酸っぱくするほど言い聞かせていることだけど、ここでも大事なことなので伝える。

要は元気に返事をして、周りに注意を配りながら私たちから離れていった。

私と坂田さんも、人の邪魔にならないように壁側に移動する。ここからも、要の姿がちゃんと見える。

万が一、大きな声でも出されたらどうしようと緊張で手のひらに汗をかくけれど、私の気持ちはもう変わらない。

息を整えて、頭のなかで切り出し方のシミュレーションをする。

ここからはホームに入ってくる新幹線を知らせるアナウンスが聞こえてきて、いつか具合を悪くした紅葉を駅まで迎えにいったときのことを思い出した。

坂田さんはスマホなど取り出さず、変わらずに要を目で追っている。

言うならいまだ、いましかない。

「……今回も要に会いにきてくださって、ありがとうございました。要も坂田さんに会えて楽しかったようです」

そう話しかけると、坂田さんはやっとこっちを向いた。

「……いえ、僕は知葉さんに要を預けっぱなしで。それに会うたびに色んなものを買い与えてしまい、申し訳ありません」

離れて暮らしているのだから、久しぶりに会って子供を喜ばせるには、どこかに連れていくか、なにかを買い与えるしかないと私も思っている。

だからそのことは、私はなんにも思ってはいない。

本当に言いたいことは、こっちだ。

「いいえ。それは要も喜んでいるので問題はありません。それより、昨日の……」

「だめです」

坂田さんは私を遮るように、言葉を被せてきた。

「……っ！　坂田さん、聞いてください」

「聞きません。知葉さんは僕からの提案を断るつもりでしょう。もう一度、よく考えてみてください」

「考えました、でも」

私を見る坂田さんの目には、一切の迷いみたいなものが感じ取れなかった。

もう、自分たちは結婚するしかない。要のことを考えるとこの方法しかないと、坂田さんは感情を殺した目を私に向ける。

それが最適解だと、自分にも言い聞かせるような目だ。

「家族は……、家族は一緒にいた方がいい。離ればなれだなんて、良くないよ」

にこっと坂田さんは目を細めるけれど、その奥がまったく笑っていない。

――どうしよう。この人に、どう伝えたらわかってもらえるんだろう。

頭をフル回転させて考えるけれど、いまの坂田さんに「わかりました」と納得してもらえるような言葉が咄嗟に思いつかない。

お互いに膠着《こうちゃく》状態でいるところに、要が戻ってきた。

坂田さんはパっと雰囲気を変えて、要に「どんな写真を撮ったのか見せて」と接している。

私の心臓はドッドッドッと強く脈打ち、額には冷や汗をかきながらそれを見ていた。

写真を見せる要と、かがんでそれを見る坂田さん。青い顔をして側に立っている私……。

これが坂田さんが望んでいる、家族なんだろうか。

要が戻ってきたので、もう今日はこの話はおしまいだ。

決意した話が半端になってしまった。

悔しい気持ちと、押し負けそうだったので助かったという気持ちもある。

ならば態勢を整えて、近日中に坂田さんと電話で話し合おう。

次は押し負けないように、しっかりしないと。

「パパ、時間大丈夫？」

「あっ、本当だ。また来るからしっかり勉強して、知葉さんのお手伝いをたくさんしてね」

「はぁい！」

坂田さんはまるで何事もなかったように、いつも通りの別れ際の挨拶を私にした。

「要のこと、どうぞよろしくお願いします」

頭を下げて、私に頼む。

「……坂田さんも、お体に気をつけて」

私もいつもと同じ締め方をして、要と手を振り改札に入っていく坂田さんを見送った。

……あの人が納得する理由を、もっときちんと考えなくちゃ。

できれば大事にはしたくない。

神経を逆撫《さかな》でしてしまい、要の養育を巡って弁護士でも立てられたらとまで想像してしまう。

認知までした実の父親の坂田さんと、紅葉が亡くなったあとに要の未成年後見人になった私。

立場的には親権と同等の権利があって、普段要を養育している私に有利だとは思うけれど……。

胃の辺りがきりっと微かに痛む。要が「ともちゃん？」と私に声をかけた。

「あっ、ごめん。ぼうっとしてた」

「お仕事、いそがしかった？」

「ううん、平気。じゃ、行こうか。このまま少し駅を散策してから帰ろう」

要を心配させないようにそう提案すると、「やったー」なんて喜んだ。

出生が複雑なぶん、要にはできるだけ余計な心配をしない子供時代を過ごして欲しい。

だから揉め事は避けたい。

私はそう願わずにはいられなかった。

その帰り道。仙台駅やその周辺を散策した。

昨日この辺りに泊まった要は、坂田さんと夕食のために行ったお店や、買い物をした場所など「ここ!」と教えてくれた。

てっぺんにあった太陽が傾き、陽光は濃く空気は少し冷たく、季節がまた一歩進んだことを感じた。

パーキングに戻り、荷物を後部座席にのせてマンションに戻るために出発する。

要は夕飯が美味しかった、泊まったホテルが広かった、朝ご飯にフレンチトーストが出てうちでも毎朝食べたいと助手席で喋り続ける。

よっぽど楽しかったんだろうと、坂田さんへの個人的な感情は一旦置いておいて要の話に耳を傾ける。

「フレンチトーストってプリンみたいな味がするんだけど、ともちゃんは食べたことある?」

「あるよ。本格的なのは、一晩卵液に漬けておくんだよ。卵液って、牛乳と卵を混ぜたやつね。紅葉が高校生のときにどハマりして、毎晩仕込んで朝焼いて……フレンチトーストの日は遅刻ギリギリ登校だった」

あはは!と要が笑う。

「パパもね、お母さんのフレンチトーストはおいしかったって言ってたよ。食べたいなっておもっても、もう食べられないのがさみしいって言ってた」

ドキリとした。

寂しいと思うのは仕方がないけれど、それは要も同じこと。しかも紅葉との鮮明な思い出に関しては、坂田さんの方が圧倒的に多いだろう。

寂しいのは仕方がない、でもそれを要に言う？

言われた要が、坂田さんを慰めなくちゃと必死になっただろう姿が容易に脳裏に浮かぶ。

そうやって、要をこの結婚話の味方につけようとする魂胆なのかと勘ぐってしまう。

要に気づかれないよう、ギリっとハンドルを強く握る。

「……だからね、ぼくは考えることにしたんだ」

気持ちを切り替えるために、一度咳払いをした。

「……なにを？」

ううん、えっとね、と要は言い淀んだけれど、ついに明かしてくれた。

「いつかね、パパといっしょにくらしたら、パパももしかしたら楽しくなるかなって」

「え」

「パパがね、三人でいっしょにアメリカでくらそうって言ったの。でもぼくは学校があるよって言ったら、アメリカにも学校があるよってパパがくわしくおしえてくれた」

要も、いまの生活ががらりと変わる坂田さんの提案に驚いたようだ。

「だからね、いまはパパが楽しくなるように、メールや電話をいっぱいするって言った」

現状維持と、意思表示をしたんだろう。すぐにその話に飛びつかなかったのは、要が更に成長した証《あかし》だ。

そして再び、ハンドルを握る手に今度はさっきの二倍ほど力がこもる。

「……アメリカだなんて、急でびっくりしたね」

できるだけ穏やかに、要に共感する。

要を不安にさせないように、私の焦りなど気づかれないように。

「うん。ともちゃんもってパパが言うけど、むずかしいな～っておもった。あとパパがさみしいっていうの聞いて、むずかしいきもちになった」

……要は子供だけど、もう小学二年生だ。

私は記憶力がいい方で、幼稚園の頃からの嬉しかったこと、嫌だったことは特にいまでも覚えている。

子供だからと、真剣に取り合ってもらえなかった、誤魔化されたなんてことを強烈に覚えている。

紅葉は「知ちゃんは執念深い」だなんて笑っていたけど、執念深さとは違う気もする。

あれは単純に、自分の考えていることを年齢などを理由に取り合ってもらえなかったのが悔しかったのだ。

要は、複雑な心境を〝むずかしい〞と言った。

坂田さんがひとりアメリカで暮らしているのは可哀想だけど、自分には学校があり、私には仕事がある。

それに坂田さんと私の関係は、言い方は悪いが事務的なものだと要も感じているようだ。

坂田さんと私の仲が良ければ話は違ってくるだろうけど、そんな様子を微塵《みじん》も見せない私たちがいきなり同居なんて難しいと思っているのかもしれない。

自分は坂田さんの側にいることができず、また代替案を出せないことを〝むずかしい〞と言っているのだろう。

私はこの、要の感じた気持ち、話をしてくれたことを無下《むげ》にはしたくなかった。

「要は、坂田さんのことも、私のことも心配してくれたんだね。ありがとう」

すると要は、すべてを丸くおさめてくれそうな決定的な案を出してくれた。

「お母さんがさ、生き返ればいいのに――！」

わかる。わかるよ、多分それがこの件を丸くおさめる一番の方法だと思う。

私は想像する。

紅葉の代わりを私にさせようとした坂田さんを、紅葉がキレて追いかけ回す姿を。


あれから一週間が経とうとしている。

秋から冬にかけても全国では色々なお祭りが開催され、そのトリにブルーインパルスが飛んでいる。

ブルーインパルスのシーズンは基本的に四月から十二月まで。その十二月を迎えるまで、あちこちに相変わらず引っ張りだこだ。

時松くんは週末は松島にいないことが多くなり、お祭りのあとに上がる動画を要と一緒に見ることが増えた。

そわそわした私から、動画を一緒に見たいと要に言っているのだ。

要は動画を再生中にブルーについて知っていることを教えてくれるので、おさらいになったり、新たな勉強になっている。

たくさんの観覧者の前で、展示飛行を披露する。時松くんたちパイロットは、飛行すれば歓声が上がりブルーから降りればファンから声援が上がる。

人気者で、モテていて、私は心配する立場ではないのに少しだけモヤっとしてしまう。

なにも解決していないと、自分を戒める。

夕飯のあとの、ゆっくりとした時間。要はタブレットをリビングに持ってきて、私の隣に座り最新の投稿された動画を再生しはじめた。

ここでは時松くんは、地上でブルーを見上げながらマイクでアナウンスをしていた。三年目になる時松くんは、いま三号機後任のパイロットにマンツーマンで技術を伝えている最中だと要から聞いている。

「パインさん、かっこいいなぁ。……どう？　ぼく、パインさんみたい？」

爽やかに、にこっと要が私に笑ってみせる。

「爽やかだよ、動画見て練習したの？　今度学校で写真を撮る機会があったら、その笑みを浮かべれば写真うつりがいいと思うよ」

「じゃあ、そうする」

なんだかその笑顔が大人びていて、成長の記念にとスマホで写真を一枚撮らせてもらった。

坂田さんから買ってもらったスニーカーも足に馴染んだようで、毎日学校に履いていっている。

身長も夏から比べて伸びていて、ご飯ももりもり食べている。こちらの学校にもすっかり慣れて、来年は友達の七門くんと夏まつりに行きたいと言っている。

いつか、私の担当編集である小原さんが言っていた、『そのうち子供が中学生になったら、加速をつけてスピードを上げて、こっちなんて振り返らないでどんどん自分の世界を広げていきますよ！』との力説が現実味を帯びはじめる。

自分から世界を広げるために私から少しずつ離れていく要を、私はちゃんと見守ってあげられるだろうか。

……ついこの間まで、赤ちゃんだったのに。

恐ろしいスピードで成長する要にわざと寄りかかって体重を預けると、要は「やだー」と言ってゲラゲラ笑う。

「ともちゃんは、ときどき子どもみたいだよね」

「そう？」

「うん。だからぼくが、しっかりしなきゃなって思うときがあるよ」

そう聞かされて、なんだか泣きそうになった。

この一週間で、私もちょっとだけ変わった。

時松くんに短いメッセージを送るようになった。

メッセージを確認するのが日課になっていると時松くんから聞き、意識してしまって文章が硬くなってしまうけれど、トークアプリからメッセージを送っている。

ありきたりで簡単、『今日も気をつけて』『頑張ってね』『要と展示飛行の動画を見るね』などの文面を時松くん宛に送っている。

少し経つと既読がついて、『ありがとう、頑張る』と返ってくるのがくすぐったい。

でも、時松くんが松島から元にいた基地である沖縄に帰っても続くんだろうか。

沖縄での時松くんの様子は、もっとまめに連絡を取り合わないとわからなくなる。

たくさんの感情がこんがらがって、要の言った〝むずかしい〟になっている。

多分変な顔でタブレットを凝視していたんだろう、隣にいる要から「ともちゃん、大丈夫？」と聞かれてしまった。

このとき、要が私を困らせないようにと、坂田さんに対して行動しようと考えていたなんて。

私は要から気持ちを聞いていたのに、そこまで気づいてあげられなかった。

月曜日。いつものように、登校する要を見送る。

やけに落ち着きがないと感じたけれど、そんな日もあるかとあまり気にしないでいた。

この日は十五時からウェブでの打ち合わせがあり、自室にこもると要には伝えてあった。

以前にウェブ打ち合わせが要の下校時間と被ったときがあり、要は気を使いそろ～っと玄関から入り、そろ～っとランドセルをその辺に置きリビングで静かにおやつを食べて待っていてくれた。

今回もウェブ打ち合わせがあると事前に伝え、おやつをリビングのテーブルに用意しておく。

いつもと変わらず、朝に要を見送り洗濯をして、掃除のあとに買い出しに出かけた。

お惣菜コーナーで昼食にカツ丼と天丼で悩み、結局唐揚げ弁当を買って帰ってきた。

十五時になり、小原さんとのウェブ打ち合わせがはじまる。送ったプロットをお互いに読みながら、次刊のテーマに対するプロットのブレの修正をした。

途中、微かに玄関の鍵が開く音がした。

続いて、静かに閉まる音も。

要が帰ってきたようだ。

時計を見れば時刻は十五時半、いつもより少しだけ早い帰宅時間に学校から走ってきたのかと予想する。

おやつはテーブルの上、要がすぐに見つけられるように目立つ中央に置いた。

小原さんと大体の話がまとまり、ホッと気を抜いた世間話をする時間になる。お互いの近況や話題の本の話を五分ほどしたあとに、ウェブ打ち合わせは終わりになる。

『高坂先生、良かったら要くんの冬休みに合わせて東京に打ち合わせにきませんか？要くんと一緒で全然構わないので、良かったら考えておいてください』

「え、要も一緒で大丈夫なんですか？」

『はい。ミーティングルームを借りようかなと思っています。打ち合わせを一時間ほどに設定して、そのあとご飯行きましょ！』

紅葉の病気が見つかる前。デビューしたばかりの頃、打ち合わせに東京へ年に二度ほど行っていた。

小原さんは毎度打ち合わせのあと、美味しいご飯を食べられるお店に案内してくれた。

私は都会の人の多さと情報量、そして歩く速度が速いことに毎度驚き、たくさんの写真をスマホで撮り帰ってから母に見せたりしていた。

冬休み。もしこれが本当に叶ったら東京へ行くのは六、七年ぶりだ。

要に小原さんの提案を教えたらびっくりして喜ぶだろうと、嬉しくなる。

「ありがとうございます！　要もすごく喜びます」

『要くんが小さい頃、保育園をお休みした日なんかは、高坂先生に抱っこされてウェブ打ち合わせに一緒に参加していましたもんね。直接会えるの、わたしも楽しみにしています』

熱を出して保育園をお休みした要が昼寝てくれず、平謝りしながらウェブ打ち合わせをしたことがあった。

あのときは泣きたくなるほど大変だったけれど、いまはずいぶん成長したなと実感している。

そうして小原さんとのウェブ打ち合わせが終わり、ぐんっと背伸びをひとつした。

打ち合わせは終わったと要に知らせるために、自室からリビングに向かう。

日が傾き薄暗くなりはじめたリビングには、いつも通りにランドセルが転がっていた。

だけど要の姿はなく、おやつに手をつけた気配がない。

「……友達と遊ぶ約束でもしたのかな？」

充電中だった子供ケータイはなくなっていた。要が持っていったのだろう。

ウェブ打ち合わせ中だったから、声をかけるのはやめて遊びに出たのかもしれない。

私はそう考えて、明かりをつける。夕飯作りの前にひと息入れるための熱いコーヒーを用意した。

なんとなく点けたテレビは、夕方のニュースを流していた。

今日の重大なニュース、特集、ぼんやりと眺めながら夕飯を作る重い腰が持ち上がるのを待つ。

本当にそろそろ動きはじめないと、という時間になり、ふと妙な胸騒ぎを覚えた。

もう十七時を過ぎていた。

日が落ちるのが早くなり、遊ぶのは十七時までと約束していた。

冬の暗い道は車から歩行者や自転車が見えづらくて危ないと、要と話をして決めた門限だ。

要はギリッギリに滑り込んで帰ってくることはあっても、今日のように過ぎたことは一度もなかった。

ソファーから立ち上がり、すぐに自室に置いてあるスマホを手にした。

通話記録の一番上にある、要の持つ子供ケータイの番号に電話をかける。

一度、二度、三度。

コールは二十回を過ぎても要は出ない。

途端に胸がザワザワして、ぎゅうっと不安で締め付けられる。

「とりあえず、一回外に様子を見に行こう……っ」

慌ててマンションの一階に向かう。

閑静な住宅地が近いこの辺りは、すっかり夕方の心細さで染めたようなほの暗さに包まれていた。

学校帰りの子供が通るけれど、それは要ではなく中学生だったりする。

「要の自転車、駐輪場は……？」

早足で駐輪場へ向かうと、要の自転車はなくなっていた。

要は学校から帰ってきて、おやつに手をつけず自転車で出かけていったのがわかる。

その場でもう一度子供ケータイにかけてみたけれど、やはり出てくれない。

要がいま一番仲良くしてくれている、七門くんのお家にその場で連絡を入れてみる。

数度のコールのあと、七門くん本人が電話に出た。

『はい、七門です』

「あの、私、高坂要の保護者ですが……っ」

七門くんは、『ああっ！』と私に気づいてくれた。

「いきなりお家に電話してごめんね。あの、今日要と遊ぶ約束とかしてた？　実は要がまだ帰ってこなくて……」

事情を説明すると、七門くんはすぐに『今日は約束してません』と教えてくれた。

「七門くんの他に、要が遊ぶ友達いるかな？」

『いるけど、要は今日はようじがあるからって走って帰りました。だからだれともあそぶ約束はしてないと思います』

七門くんは学校から要が急いで帰ったと、そう教えてくれた。

お礼を伝えて、通話を切る。

用事ってなに？

そんな話、昨日言ってなかったのに……。

真っ黒な不安が、塊になって背中に覆《おお》い被さってくる。

「……どうしよう、どこ行ったの……！」

そう呟くと、時松くんの顔が頭に浮かぶ。

万が一、もしかして。可能性にはとことんあたりたくて、藁《わら》にもすがる思いで時松くんに電話をする。

教えてもらった番号に自分からはじめてかけるのが、こんなことになるなんて思ってもいなかった。

数回コールが鳴ったあと、『もしもし？』と時松くんは電話に出てくれた。

堪えていた涙がじわりと滲み出した。

「時松くん、お仕事終わりにごめんね。あの、あのね、あの……！」

私のただならない様子に、時松くんは落ち着けと言ってくれた。

『落ち着いて、どうした、なにかあった？』

「要が、要が帰ってこないの、こんなのはじめてで……！」

『確か、要くんは子供用のケータイを持ってたよね。かけてみた？』

「うん、だけど全然出ないの。友達と遊ぶ約束もしてなくて、だけど自転車もなくて……！」

スマホの向こう、時松くんはなにか考えているようでほんの少し沈黙が落ちる。そうしてすぐ、私が焦るあまりに頭からすとんと抜けていた大事なことを教えてくれた。

『要くんが持ってる子供ケータイ、GPS付いてないか？』

「……！　付いてる、付いてる！　ありがとう、焦っていて忘れてた……」

慌てるあまりその存在をすっかり忘れていたのだ。

「時松くん、ありがとう！　これで捜してみる！」

『位置がわかったら、俺にもう一度連絡くれないか？　捜すの手伝うから。連絡待ってる』

そう言って、時松くんは私がすぐにスマホから位置情報を取得するために通話を切ってくれた。

どんどん暗くなるなか、その場ですぐに位置情報を辿るアプリを開く。

するとスマホの画面いっぱいに近隣の地図が開き、要が通ったであろう道に赤い点線が記された。

赤い点線は、マンションから最寄りの駅へ、そうして線路上を仙台駅の方向へ向かっていた。

「えっ駅、なんでっ」

誘拐、家出と、色んな想像が私を襲う。

あれこれ考えてる場合じゃない、とにかくこの点線を辿って要を追うしかない。

時松くんにまた電話をすると、すぐに出てくれた。

「時松くん、ありがとう。要、仙台駅に向かってるみたいで……！　いまから追いかけるからっ」

通話しながらマンションのエレベーターに飛び乗る。

『待って。いま俺、そっち向かってるから。支度してマンションの下で待ってて。焦ったまま運転するのは危ないから、俺が乗せていく』

時松くんは私の返事を聞かないまま、通話を切った。

そのとき、スマホを持つ自分の手がぶるぶる震えているのに気づいた。そうしてスマホを落としてしまい、なかなか拾い上げられず、自分がものすごく動揺しているのだとわかった。

部屋に戻り、すぐに要の部屋に入った。

坂田さんに買ってもらった青いスポーツバッグがどこにも見つからない。それに、机の引き出しから要のお財布がなくなっている。

これはなにか理由があって、自分から仙台駅に向かっている可能性が出てきた。

仙台駅をふたりで散策したとき、なにかどうしても欲しいものがあった？

話を聞くのは、要本人を見つけてからだ。

私は今度は自室に入り、上着と鞄を掴んで部屋を飛び出した。

いつもなら待てるエレベーターも、いまは一秒ももどかしい。

エレベーターに素早く乗り込むと、先に乗っていた住民にギョッとした顔で見られてしまったがそれどころではない。

一階に着くと、マンションの前には一台の大きな４ＷＤ車がハザードをたいて停まっていた。

すぐに車の窓が開いて、「知葉っ！」と時松くんが顔を出す。

「時松くん！」

「乗って、すぐにＧＰＳの確認をして！」

私は言われた通りに時松くんが乗ってきた車の助手席に乗り込んだ。

時松くんの車は、滑るように走り出す。私はすぐに自分のスマホを開き、要が仙台駅の近くまできていることを確認した。

「要、電車に乗って仙台駅に向かってるみたい……」

「夕方だから道が混んでるけど、なるたけ早く仙台駅に着くようにするから。知葉はしっかりＧＰＳで行方を追って」

どうしたのかは聞かず、時松くんは運転に集中してくれている。私は自分のスマホを握りながら、罪悪感と涙が込み上げてきた。

「ごめん、ごめんね、時松くん」

「……要くんと、なにかあった？」

なにかあったのは、要とではなく坂田さんとだ。それを時松くんに言うつもりはなく、自分で解決しようと思っていたけど事態が変わった。

一瞬、坂田さんが要だけを迎えにきてしまったんじゃないかと考えてしまった。

「ごめん。話す前に、要の父親に連絡してみる」

もし万が一に坂田さんが仙台駅まで迎えにきてるなら、第三者が関わる誘拐の可能性は消える。それだけでも、全然心の持ちようが違ってくる。

時松くんは黙っていた。私は坂田さんの連絡先を履歴から遡り、通話ボタンをタップする。

坂田さんは、電話に出なかった。呼び出すのをやめるためにスマホの画面をタップする。

わざと出ないのか、出られないのか、気づいてないのか。

「……電話、出ない？」

聞いてくれた時松くんに、「だめだった」と返事をする。

私は心が心配でぐちゃぐちゃになってしまいそうで、時松くんに坂田さんのことを話してしまった。

要のために、結婚して三人でアメリカで暮らそうと言われたこと。

断るつもりで話を切り出して、失敗してしまったことを打ち明けた。

「……坂田さんと結婚するのが、要のためになるかもしれないって一瞬思ったの。でも、私はそこまで割り切れなかった」

声に出したら、一気に感情があふれてしまう。

「私、私は……、ずっと時松くんが好きだったの。だから時松くんに好きだって言ってもらえて、要を一番に考えて生きてきたのに、自分のことも考えるようになっちゃって……っ」

赤信号で、車が停まったようだ。

時松くんが私の名前を呼ぶので、スマホから顔を上げた。

真剣な表情で、時松くんが私を見つめる。

「……俺以外の男と、結婚する必要はない。知葉が自分のことを考えるのも、悪いことじゃない」

「でも、私は要の保護者だから、しっかりしなきゃで……！」

「なら、俺が要くんを育てるのに協力する。しっかり保護者になって、知葉が自分のことを考えてもいいって思えるように余裕を作る。だから、俺じゃない男と結婚しないで」

——だって、知葉が好きなのは俺なんでしょう？

そう私に言った時松くんの顔は、嬉しそうでちょっと泣きそうだ。

こういう顔、高校時代にも見た気がする。

時松くんがあの頃から私を好きだったと言ってくれた言葉は、本当だったんだなと信じられる。

「時松くん……」

「俺、待つこともできるから。知葉が要くんを大事に育ててるのを知ってるから、それを一番にしていい。だけど、二番目は俺だからね」

「……うん。まだ一番にできなくて、ごめんね」

「謝ることない。俺も要くんを大事にしたいから、早く迎えに行かないとな」

青信号に変わり、時松くんは再び前を向いて運転を再開した。

仙台に入ると辺りに車が増えてきた。

ＧＰＳの点線は、ちょうど仙台駅でぴたりと止まっている。私たちが着くまで動かないで欲しいと祈り、電話をかけ続ける。

ついに仙台駅に近づいてきたけれど、周辺は車で混雑して進みが遅くなっている。

「知葉、ここで降りて先に駅に向かって！　俺は車を停めてから追いかけるから」

一分一秒を争う状況に、私は時松くんの指示に従った。

走って走って走って、息が切れて心臓が破裂しそうになりながら、仙台駅に駆け込んだ。

帰宅ラッシュの酷い人混みをぬいながら、要の姿を必死で捜す。

「どこ、要、どこにいるの……っ！」

私の頭と足は、先週見た場所へ自然と向かう。

坂田さんを見送った新幹線の改札口で、人波に紛れて青いスポーツバッグがちらりと見えた。

「要っ！」

ここ数年で一番の声量が出たのは、要が改札に入る前に止めたかったからだ。

一斉に注目を浴びたけれど、こちらを見て驚き足を止めた要めがけて駆け寄り抱きしめた。

「良かった……見つけたぁ……！」

どうしてこんなところに、勝手にいなくなって、無事で良かった。見つけるまでグルグルと胸に渦巻いていた気持ちは、一瞬で霧散する。

抱きしめた要は、泣き出して「ごめんなさい」と繰り返した。

そのあと、時松くんに電話をすると、すぐに改札口まできてくれた。

東京行きの新幹線のチケットを、要はそっと私に渡してくれた。

要が持っていたそれは、端が少しだけ曲がっていた。

指や手に緊張で自然に力が入り、だけど大切なチケットなのでくしゃくしゃにならないように注意して持っていたんだろうか……。

改札口で、要はどんな気持ちだったろう。

私に叱られるのを覚悟して、それでも坂田さんのいる東京を目指そうとしていた。

決して楽しくはない、不安だらけの旅なのに。

それでも、東京へ向かおうと——。

私は、いつか紅葉を駅まで迎えにいったときのことを思い出して、要と抱き合って人目をはばからずふたりでわんわん泣いてしまった。

時松くんの車のなか。後部座席に要と並んで座る。要はまだ涙が止まらず、時松くんがティッシュを箱ごと渡してくれた。

要は時松くんの登場にも驚いたようだったけれど、どうしてとは聞かなかった。

「……パパに、ともちゃんをアメリカにつれていかないでって、たのみにいこうと思った」

要はそう、下を向いてぽつりと呟いた。

涙で濡れた要の白い頬を、街や車の明かりが照らす。

「要……っ」

私のために、坂田さんが日本にいるうちに会いに東京まで行こうとしてくれたのだ。

大人の事情で振り回されてばかりなのに、要は自分の心を砕いてくれる。

叱ったりなんてしない。

心を改めないといけないのは、私や坂田さんの方だ。

私は要の手を握った。

あんなに小さかった手は、いつの間にか少年らしい手に成長していた。

「坂田さん、来週末にはアメリカに戻るんだよね。要、私と一緒に坂田さんに会いにいかない？　自分でちゃんと、アメリカには行かないって伝えられるよ」

要は、すびっと鼻を鳴らして頷いた。

「ぼくは、ぼくは中学生になったら、パパといっしょにくらすからまってててって言う」

「要、アメリカに行くの……？」

「うん。英語のべんきょうもしたいし、パパともくらしてみたい。パパと、もっとはなしてみたいんだ」

……そうか。要は自分で考えて、そう決めたんだ。

胸が潰れそうなくらい寂しい、ぼろぼろと涙腺が壊れたかのように涙があふれる。

「……私、要に厳しかったかな。もっと優しくすれば良かった……っ」

「いくのは、中学生になってからだよ。パパがいいって言ったらだけど」

「いいって言うよ、坂田さん、要のこと大好きだもん」

いつか子離れしなければいけない時期がくるのは知っていた。

でもそれはもっと先、高校を卒業したあと。そんな風にうっすら考えていた。

なのに、中学生になる頃にはアメリカに行くなんて。

あと四年、そんなのすぐだ。

だけど、だけど。考えて悩んで出したであろう要の考えを、大切にして尊重したいと思った。

「わかった……わかったよ。要の決めたこと、私は応援する」

口ではそう言ってみても、やっぱり寂しすぎる。

紅葉は……要を残さざるを得なかった紅葉は、この何万倍も辛かったんだ。

身を裂かれるような、いや、それ以上の辛さだったはずだ。

要は私に、ぴったりと身を寄せた。

「まだ中学生になるまで、たくさん時間はあるよ。いまからでも、やさしくするのはおそくないよ？」

そう言ってさっきまで泣きべそをかいていた顔で、悪戯《いたずら》っぽく笑う仕草は紅葉そっくりだ。

「……あはは、よく考えたら私、ちゃんと要に優しいよ」

「そうだね、ともちゃんは面白いしやさしいよ」

「面白いって、ほめられてる気がしない」

ふたりして、今度は笑い合う。

そこに、私の着信に気づいた坂田さんから連絡が入った。

息を整えて、電話に出る。

私は今回の件を坂田さんに説明して、近いうちに要と一緒に話をするために東京へ向かうと伝えた。


その二日後。

学校には事前にお休みすると連絡をして、週末を待たずに新幹線で東京に向かった。

時松くんからは、待っているから必ず帰ってきて欲しいと言われている。

東京へは、約二時間の新幹線の旅だった。

要との、新幹線を使ったはじめての小旅行だ。

私も要も、自分の気持ちは決まっていた。

だから悲壮な空気感は鳴りを潜め、駅弁を食べたり流れる景色を楽しめた。

この旅行で、要と私は親子というより仲間、一緒に生きる大切な愛するチームなんだと改めて思った。

それに、要は高校生になる歳にはアメリカから日本に戻り、航空科のある高校へ進学したいという。

友達、七門くんと、同じ学校に入学すると約束しているそうだ。

将来の話も、友達としているんだ。

坂田さんもそのときは引き留めず、要の背中を押して欲しいと願うばかりだ。

その話も、坂田さんにこれからするつもりだ。

坂田さんの日本での仕事終わりの時間に合わせてきたので、夕方の東京駅は輪をかけて人でごった返している。

あっちこっちから人の波が押し寄せる。

「ともちゃん、人がすごいよ……！」

「お互いに絶対にはぐれないようにしよう。ここで迷子になったら要をすぐに見つけられる自信がない」

頼りない発言をする私に、要がしがみつく。

先日、仙台駅に行くタイミングが遅れていたら、要は東京駅でこの人混みとひとりで対峙していたのだ。

それを想像すると、涙がじわりと浮かんでしまう。

半分べそをかきながら、出口を目指して進む。

テレビでよく見るいま人気のお菓子、たくさんのお弁当、目を奪われるものばかり。

要も、キャラクターがパッケージに使われたお菓子を並べる店に目が釘付けだ。

「帰り、帰りに見て回ろう！　有名なラーメン屋さんもあるみたい。食べて帰らない？」

「ぼく、おみやげもみたい！　七門くんに買っていきたい」

「いいね、東京でしか買えない美味しいもの食べて、買って帰ろう」

そんな話をしながら、やっと東京駅から脱出する。そうして、今日のために予約をしたホテルへ向かった。

部屋に着いた途端、要は「大変だった～」と言いながら靴をぽいぽいと脱いでベッドへ飛び込んだ。

坂田さんが部屋にきてくれたのは、二十時になった頃だった。

「こっちでもやることが多くて。遅くなって申し訳ないです」

頭を下げるスーツ姿の坂田さんに、要はこっちに座ってと椅子をすすめる。

私は部屋のミニバーでインスタントのコーヒーを作り、坂田さんに出した。

昨日電話で、大切な話があると坂田さんには伝えてある。

私たちは坂田さんの向かいに座り、すぐに話を切り出した。

「まず私から、お話があります。先日の申し出の件ですが、私はアメリカには行きません」

はっきりと告げると、坂田さんは手を膝の前で合わせて、「どうして」と聞いた。

「……まず、私と坂田さんは結婚するべきではありません。要のためにならないと、そして私のためにならない。そう判断しました」

要は黙って、坂田さんを見ている。

坂田さんは、要と目を合わせて手を伸ばし、頭を一度撫でた。

「……わからない。家族になって、一緒に暮らした方がいいに決まってる」

坂田さんの考えや思いは、一向に変わらないようで、更に言葉を続ける。

「突然紅葉が消えて、見つけ出したときには死んでいたんだ。僕がどれだけ絶望したか……。紅葉が僕を最後はどう思っていたかわからない、嫌われたんだと思う。だけど要を残してくれた。遠く離れた日本に紅葉が残した要を置いておける訳がない」

どれだけ紅葉を心配したか。

どれだけ自分で捜したか。

自分の振る舞いを思い出し、後悔だけが続く日々がはじまった。

眠れない夜が続き、生活に支障をきたした。それが原因で坂田さんのご両親は、坂田さんを心配してアメリカ支社へ転勤させて事態の収拾を無理にはかったけれど。

坂田さんはそれでも紅葉を諦めきれなかったらしい。

一度なにもかも投げ出して、紅葉を捜しに日本へ戻ったが見つかってしまい……。

少しの間日本で入院したあと、アメリカに戻ったという。

日本を発つ前。ここで、坂田さんは実績のあるプロの探偵事務所に頼った。

ご両親も、坂田さんの気持ちが落ち着くのなら……と、もうなにも言わなくなったそうだ。

そうして、しばらくして紅葉の行方はわかったけれど……そのときにはもう紅葉は……。

あれからずっと、坂田さんは病院から処方されている薬がないと、うまく眠れないと語った。

紅葉が坂田さんを想うあまりに黙って身を引き逃げたことが、坂田さんに相当なトラウマを与えたことが改めてわかった。

坂田さんは、紅葉からはもう気持ちを向けられていなかったと思い込んでいる。

だから要に、家族という簡単には離れないかたちに執着をはじめたのだ。

でも仕方がないと思う。

これは紅葉も悪いと、いまなら私も思う。

——だからいま、これを坂田さんに渡そう。大切に保管していた、紅葉の気持ちを。

嫌われた、という坂田さんに、私は自分の鞄から手帳を取り出して、挟んであった あるものを差し出した。

坂田さんは怪訝《けげん》そうに受け取って、まじまじとそれを見ている。

「新幹線の……チケットですか？　日付がかなり前になってますが……」

私は姿勢を正して、答える。

「そのチケットは、紅葉が坂田さんに会いに行くために買ったものです。病気がわかったとき、紅葉は勇気を出してひとりで坂田さんに会いに行こうとして……駅で具合を悪くして、結局会いに行けなかったんです」

坂田さんは目を見開いて、そのチケットを凝視する。

「……なんで、僕に会いに……？」

「紅葉は岩手に戻ってきても、ずっと坂田さんを想っていました。だから死に際には、何度も何度も要のことを私に頼んでいました。要は坂田さんそっくりで、紅葉は溺愛していましたから」

坂田さんが私を通して紅葉を見るように、紅葉も要に坂田さんを重ねていた。

目元が似てる、口元が似ていると私に言ったことがあった。

それはもう、とんでもなく愛《いと》おしそうに。

あのとき、私がもっと紅葉に突っ込んで気持ちを聞き出していたら。

坂田さんを捜し出して、無理矢理にでも岩手に連れてきて、紅葉と要に会わせていたと思う。

紅葉は怒るだろうけど……絶対にそれだけじゃなかったはずだ。

自己満足だと言われようと、そうするべきだった。

いくら悔やんでも悔やみきれない、私の後悔だ。

「紅葉が……僕に」

坂田さんは新幹線のチケットを、愛おしそうに指先で撫でる。

そうして、私はもう一枚。新幹線のチケットを差し出す。

「これは……？」

「一昨日、要が坂田さんに会おうとして、自分の力だけで仙台駅に向かい、新幹線に乗るためにお小遣いを叩《はた》いて買ったチケットです」

二枚の新幹線のチケット。その共通点は、坂田さんに会うために買われたことだ。

ふたりの想いが詰まった、チケット。

私はその二枚を、当日に払い戻すことができなかった。

「坂田さんの家族は、紅葉と要です。ふたりは坂田さんを想って、不器用ながらどうにかしようとしていました。その気持ちがかたちになったチケット、坂田さんが持っていてください」

黙って話を聞いていた要が、言葉を失う坂田さんに寄り添う。

「ぼくね、中学生になったらアメリカにいくよ。パパとくらす。いっぱい英語をべんきょうしていくから。まっててね」

本当かとばかりに坂田さんが私を見るので、こくりと頷く。

すると坂田さんは要をぎゅうっと抱きしめて、声を殺して泣きはじめた。

「アメリカにいったら、野球見につれていってね。お弁当もつくってね、おおきなハンバーガーもたべるよ」

「……うん、必ず。野球も連れていく、弁当も頑張る、ハンバーガーショップにも連れていく」

「お母さんの写真も、持っていくから。きれいなお花でかざってね」

「ああ、約束するよ……っ」

要の可愛い要求に、坂田さんは強く頷く。

ふと、いまここに紅葉のいる雰囲気を感じて、私はやっと坂田さん、要、紅葉の三人が家族になれたのだと思った。

私は勇気をくれて、待っていると言ってくれた時松くんを想って、深く感謝していた。

五章

坂田さんに要と一緒に会いにいき、話し合ったことで状況は良い方向へ一歩進んだ。重苦しかったホテルの一室は水面に浮上したように空気が入れ替わり、要は「テレビつけてもいい？」と言ってリモコンをいじり出した。

テレビの賑やかな音声が流れだすと、雰囲気がほんのり明るくなっていく。

私は坂田さんが手をつけなかった、すっかり冷めきったコーヒーを下げて、新しいものに淹れかえた。

要はホテルにチェックインする前にコンビニで買った飲み物を、備え付けのコンパクトな冷蔵庫から出して飲みはじめた。

それから、要が新幹線に乗ったことがいかに楽しかったかを坂田さんに楽しげに話す。

つい先日、仙台から新幹線を使い同じ路線で東京に帰ってきた坂田さんは、要と共通の話題ができたのが嬉しいようで盛り上がっていた。

坂田さんは私にプロポーズしたことを、要がトイレに席を外している間に謝ってくれた。

心のない結婚の申し込みをしてしまい、すまなかったと。

その瞳は生気というか、気持ちが上向いている意思が宿っているように見える。

紅葉が坂田さんを忘れず想い続けていたことを知り、空っぽだった器が満たされたような瞳。

「……ふ、ふふ。プロポーズされて、謝られて、なんだか不思議な経験をした気がします」

「申し訳なかった。やっぱり僕は紅葉を愛してる……、それに、あの、笑った顔は紅葉と知葉さんって似てなくて驚きました」

「私と紅葉、一卵性の双子ですけど根っこがまったく違うんですよ。あと、なんだか私がフラれたみたいな言い方しないでください……あはは！」

「あ、いや、ごめんなさい」

そう言ったあと、坂田さんも可笑しくなったのか小さく笑い出した。

砕けた笑い方、はじめて見る坂田さんの素顔だ。紅葉の想いを知り、よっぽど安心したんだろうか。

だからって後悔がなくなる訳ではなくて、知ったからこそ生まれる新たな後悔もあるだろう。

だけど、嫌われてなかった、という事実はとても大事なことだったんだと、坂田さんの変化を目の前で見て実感している。

「あー、パパとともちゃんが、笑ってるー！」

手を洗った要が、ケラケラ笑い出した。

今回のことで、ずいぶんと要には気を使わせてしまった。物分かりが良いぶん、我慢や苦労が多い要に今回は本当に心配をかけてしまった。

「遅くなったけど、良かったら夕飯を食べに出ませんか？」

「ともちゃん、パパがご飯行こうって！」

時計を見れば、もう二十半時を過ぎている。坂田さんがくる前に要には軽く食事をさせたけれど、そろそろお腹が減る頃だ。

「そうですね、ご飯行きましょう！」

東京の夜の街は煌《きら》びやかで、さぞかし綺麗だろう。

それも楽しみにして、すぐに支度をはじめた。

食事が終わり、坂田さんは私たちをホテルまで送ると帰っていったのだけど。

何度もこちらを振り返るから、要が手を振ると、坂田さんも振り返す。そうしてまた坂田さんは前へ歩き出すけど、少し歩くと振り返る。

「パパー！　帰りきをつけてねー！」

坂田さんがいつまでも自分を気にしているのを、要もわかっているのだろう。

結局坂田さんが見えなくなるまで要は見届け、部屋に早く戻ろうとは言わなかった。

二十二時を過ぎると、要は寝ぼけまなこをこすりながらシャワーを浴びて、髪が濡れたままベッドにダイブして寝てしまった。

その髪をできるだけタオルドライして、体を動かしベッドのなかへ入れる。明日の朝、きっとすごい寝癖になっているだろうけど、要はそれも面白いと言いそうだ。

今日のこと。

待っていると言って、送り出してくれた時松くんに話し合いができたことを知らせたい。

電話、と思ったけれど、眠った要を起こしてしまうかもしれないのでここではやめる。

ベッドのあるメインの部屋の照明を落とし、私はスマホを持って洗面台のあるスペースへ移動をした。

スマホには、買い物をしたときに登録をしたショップのお知らせが何件か届いていた。

時松くんからの連絡は、なかった。

でもこれは絶対に気を使って、あえてメッセージ一通も送ってこないのだと思った。

もしかしたらこの瞬間も、私たちを案じて連絡を待っているかもしれない。

私は洗面台のスペースに座り込んで、トークアプリを開き早速メッセージを打ち込んでいく。

『時松くん、お疲れ様です。連絡がこんな遅い時間になってしまい、ごめんなさい。坂田さんとの話し合いは、無事に終わりました。明日要と帰ります』

謝罪と結果を簡潔にメッセージにして、送信した。

自分が打ち込んだ文章に変なところがないか、そのまま眺めていると既読がすぐについた。

「……あ、起こしちゃったかな」

きっとこのまま返信があるだろうと待っていると、一分ほどで時松くんからのメッセージがスマホに表示された。

『お疲れ様。良かった、安心した。疲れてるのに、連絡くれてありがとう。嬉しかった』

嬉しかった……か。心配して、待っていてくれたんだろうな。

返信をもらえて嬉しい気持ちが、指先から伝わってスマホのキーボードをぽんぽんと動かしていく。

『うん。ありがとう。プロポーズのことも、謝ってくれた。要がアメリカに行きたいって話もして、坂田さんも落ち着いたみたい』

プロポーズを謝られたとき、私が振られたみたいに言われて笑った話は、帰ってから伝えよう。

『要くんの父親が、落ち着いたようで本当に良かった。頑張ったな、知葉』

頑張ったと言われて、くうっと喉から小さく息が漏れた。

勢いをつけて東京へ坂田さんに会いにきたけれど、怖くなかった訳じゃない。やっぱり相手は要の父親とはいえ男性だし、私たちはそこまで親交を深めるような関係ではなかった。

坂田さんの一面しか知らないままだったから、正直緊張していた。

だから、うまく話し合いが終わって、『頑張ったな』と時松くんにメッセージをもらったこの瞬間、どっと体から力が抜けていった。

しゃがんだ目の前に、洗面台の収納が見える。綺麗に畳まれた二枚の大判のタオル、フェイスタオルも二枚、畳まれて収納されたままで……。

「……要、なにで体拭いたの？　わ、え、床ちょっと濡れてるっ」

慌てて立ち上がると、乱雑に置かれたタオルが洗面台の端に置かれているのを発見した。それを手に取り広げると、ちょうどバスマットくらいの大きさで。

「いや、これ、まんまバスマットだ。要、バスタオルとバスマット間違えて体を拭いたんだ……」

薄いバスマットは、小さめのタオルに似ている。ちゃんと見ればわかるけれど、うちのバスマットとは違うタイプだから要も気づかないでこれで体を拭いたんだなと予想した。

坂田さんと宿泊するときは大浴場のあるホテルを選んでいたから、部屋に自分でバスマットを敷く機会がなかったのかもしれない。

……要も、相当疲れてたんだろうな。

私はバスマットを掴んで床の水気を拭き取り、再びその場でしゃがんだ。

『今回は、要が頑張ってくれたおかげだよ。それに、時松くんが待っていてくれると言ってくれたから、すごく頑張れた。ありがとう。明日帰ったらメッセージ送ります。おやすみなさい』

いまの素直な気持ちを打ち込んで、感謝を込めて送信する。すぐに、時松くんからもメッセージが送られた。

『そう言ってもらえて嬉しい。良かった。今夜はゆっくり休んで、おやすみ。帰ってきたら三人で飯食いに行こう。連絡待ってます。返信不要です』

はぁっと息を吐いて、じっくりとスマホの画面を眺める。私と時松くんと、交互にメッセージが並んでいる。

「三人でご飯、だって。要が喜ぶだろうな」

私も浮かれてしまいそうだけど、要に時松くんへの想いを気づかれないようにしなくちゃ。

要の安全地帯を守る、不安にさせない、時松くんとは適切な距離を保つ。

「……ゆっくりね、ゆっくり……よし」

勢いをつけて立ち上がり、自分もお風呂に入るために物音を立てないように準備をはじめた。

翌日は十時にホテルをチェックアウトして、東京駅をあちこち要とふたりで散策した。

キャラクターグッズのショップ、お土産店、駅弁のお店。食べ物も可愛いものもたくさんで、両手にショップの袋をいくつも持つことになった。

「ぼく、ここに住みたいよ。東京駅に住みたい」

「あ～、気持ちはわかる。私もここに住んだら、毎日美味しい駅弁食べて、ラーメンも食べる」

お土産を選びながら、つい自分たちにも買ってしまう。頭ではお取り寄せできるかもしれないのに……！と思いつつ、すぐ食べてみたくて仕方がなくなるものばかり。

要は七門くんのお家に、甘いカスタードを挟みキャラクターがプリントされたスポンジケーキのお菓子を選ぶ。

私は要とのおやつ用にチーズを使ったクッキーと、アップルパイとチョコレート、そして時松くんにはラム酒を使ったパウンドケーキを購入した。

あちこちじっくり見て歩くには東京駅は広く、私たちは帰りの時間もあるので最後に駅弁を見にいき、気になったものを買った。

飲み物も買い、午後発の新幹線に乗り込む。

駅弁を食べて、少し微睡んでいるうちに、新幹線は仙台駅へ着いた。

東京から三五〇キロメートル離れただけで、体感気温がぐっと下がる。ホームに降りた瞬間、足元からぶるっと冷気が上がってくる。

時刻は夕方に差し掛かる前、帰宅ラッシュと重ならないよう寄り道をしないでマンションへ帰宅した。

部屋に入り電気をつけ、荷物を置きエアコンの暖房を入れると、要とふたりでぐったりとソファーに座り込んだ。

着替えもせず、上着もまだ脱いでいない。

「はー……、無事に帰ってこられたね。一気に疲れが出てきちゃった」

「ぼくも足がくたくた、いっぱい歩いた～」

「私も足がパンパンだ。けど……行って良かったね、東京」

そう言うと、要は「うん」と返事をして、もっとだらしない格好でソファーの上でひっくり返ってしまった。

「ひと休みしたら、ご飯にしよう。って言っても今日は簡単なものね。それで早くお風呂入って、明日の学校に備えて寝よう」

「明日学校がおわったら、七門くんちにおみやげをわたしにいっていい？　おみやげ、学校にはもっていっちゃだめだから」

学校にはお菓子類は持ち込んではいけないから、お土産は放課後渡すしかないのか。

いつか七門くんも、うちにお土産を届けてくれたことがあった。意外と家が近くて、自転車なら五分くらいだ。

一瞬だけ、言葉に詰まった。けれど落ち着いて、いつも通りの口が酸っぱくなるくらい言い聞かせた言葉を紡ぐ。

「わかった、いいよ。その代わり、いつものように車や人に気をつけてね」

「うん。ちゃんと五時までにかえってくる」

要が帰ってこなかったあの日のことは、まだ鮮明に覚えている。思い出すと背中に嫌な汗をかくけど、要はもう黙っていなくなったりしない。

大丈夫。待っていてあげよう。

そう自分に言い聞かせて、心配の表情を隠した。

夕飯前に、時松くんには無事に帰ってきたとメッセージを送った。お土産を買ってきたことも。

少しして返信がきて、そこには『安心した。お土産嬉しい』とあった。

『土曜日、夜にちょっとだけ寄ってもいい？　実家から届いた野菜、また持っていく』

『いいの？　野菜助かるよ。私もお土産渡したい』

『俺も、もらってくれると助かる。それにふたりの顔も見たい』

ドキッとした。

時松くんの好意が、ストレートに伝わってくる。改めて思うけれど、時松くんがこんなに情熱的な人だなんて高校時代にはまったくわからなかった。

『私も』と打ちかけて、指を止める。

浮かれている。こんなんじゃだめだ、要を蔑《ないがし》ろにしてしまわないように、身を引き締めないと。

『うん』とだけ打って、送信する。素っ気なく感じる二文字だけど、そうではないことを時松くんが察してくれることを信じて。

そうして翌日、学校から帰ってきた要は七門くんの家にお土産を届けに向かった。

一時間ほどして、自宅の電話が鳴る。出てみるとそれは七門くんのおじいちゃんで、お土産のお礼を丁寧に伝えてくださった。

そうしていま、七門くんが週末に要に泊まりにきて欲しいと言っているらしい。ご家族も大歓迎で、なら許可をもらおうと私に電話してきてくれたという。

『週末もしご予定がなかったらですが、要くんをうちに泊まらせたいのです。ご近所ですし、なにかあったときにはすぐに対応します』

小学二年生。友達の家に外泊、そのご家族も歓迎してくださっている。近所で、なにかあったらすぐに迎えに行ける距離……。

私の頭のなかでは、瞬時に色々な考えが巡る。

要は、ご迷惑をかけるような子ではない。

七門くんのお家には、大変良くしてもらっている。無下に断る理由がない。

「ありがとうございます。ご迷惑にならなければ、是非。なにかありましたら、すぐに迎えにあがります」

『要くんは礼儀正しくて良い子ですよ。うちの孫といつも飛行機の話をしています、将来通いたい学校の話も。良い友達ができて、皆で喜んでいます』

要がよその家に遊びに行った様子を、大人視点から聞けるのは貴重だ。どうやらちゃんとしてるみたいで、ホッと胸を撫でおろす。

それから要をお家に向かわせる時間の確認をして電話を切った。

そのあと帰ってきた要は、それはもう上機嫌だった。お友達の家にお泊まりするのは、はじめて。なので楽しみで堪らないと全身で伝えてくる。

タブレットは持っていっていいか、枕はどうするのか。とにかく未知の体験に、万全の態勢で挑みたいようだ。

「あっ！　お母さんに言わなきゃ！　じゃないと、ぼくが家にいないって心配する」

要はリビングの端にある小さなお仏壇の前に座り込み手を合わせて、お泊まりに至った経緯から紅葉に説明をしている。

テンションが上がっているので、座っているのにお尻がぴょんぴょん上下している。

あまりにも嬉しそうなので笑って見ていたけれど、ふと大事なことを思い出した。

あれ、週末って時松くんが野菜のおすそ分けを持ってきてくれるって言ってた……。

でも土曜日は、要は七門くんのお家にお泊まりにいくので不在だ。

え、どうしよう。要がいない。時松くんに相談して、日曜日の夜にしてもらう？

でも全国あちこちに引っ張りだこで忙しいブルーインパルスのパイロットである時松くんに、易々《やすやす》と予定の変更は申し込めない。

要もパインさんに会いたかったと残念がると思ったけれど、報告はしなくちゃと声をかけた。

「要、あの、時松くんが週末に野菜のおすそ分けを持ってきてくれるんだけど……」

要はひと際高くぴょんっと飛び上がったあと、私に振り返った。

「ごめん！　ぼくは七門くんちにおとまりだから、ともちゃんがもらって」

「わ、わかった……」

子供らしい答えだ。いや、私が先にパインさんがくると言わなかったのが悪いのだ。

「じゃあ、よろしく伝えておくね？」

「うん！」

時松くんにも、要が不在なことを伝えなくちゃ。

なら、いるときにしようって、予定変更になるだろうか。

土曜日、お昼を食べた要は、迎えにきてくれた七門くんとお泊まりに向かった。

手土産に買った焼き菓子の入った袋を持たせ、七門くんには頭を下げて要をお願いする。

ふたりは手を振って、歩いていった。

部屋に戻った私には、仕事しかすることがない。カレンダーに貼った、色分けした各出版社との予定を眺める。

それから昨日届いた、原稿の誤字脱字や修正を紙上で行うためのゲラ刷りを手に取る。

何度目かの、自分の書いたものと向き合う時間だ。

作品創りは、お料理に似ているなと感じる。

長く書き続けていると、『定番』の味がわかってくる。だけどずっと同じ味では飽きられてしまうので、少しずつアレンジを加えていく。

それが成功すればいいけれど、なかなかそうはいかない場合も多い。それに自分ではイマイチだったものが、意外にもウケたりするからわからない。

そこに至るまでに担当編集さんとのすり合わせがあり、三度、四度話し合いをしても合致しない場合もある。

そういうときは一旦寝かせ、新たな企画書を出すときもある。

……ただ、その企画書・アイデアがまったく浮かばない場合は、夜も眠れないまま過ごしたり、一文字も打ち込めないパソコンの前で何時間も過ごすはめになるのだ。

私は要を育てるために、働かなければならない。

頭にアンテナを張り巡らせ、自分の思考の隙間から更に深く潜る。真っ暗で果ての見えない海の底を漂い、わずかに光を放つ創作の種を探す。

運良くそれを見つけるか、手持ちの種を磨いたり割ったりして、芽吹かせて育てるのだ。

その結果の途中が、このゲラ刷りだ。

ここから理想に近いかたちに持っていくまで、削ったり足したり整えていく。

何度も読み返していく作業の途中、『この作品、本当に面白いのかな……』と落ち込むまでがセットになるけれど。

自室にこもり数時間、気がつくと夕方に差し掛かっていた。

ひとまずゲラをしまって、硬くなった背中を伸ばす。座っているだけで体力を消耗してしまい、自分の運動不足を思い知る。

「よし、ご飯作ろうかな」

散々悩んだけれど、私はいつも通りに時松くんを迎えようと決めた。

要がいるときと同じように、ご飯を作ってお礼をする。いい時間になったら、それじゃと言って玄関まで送る。

変に意識するより、いつも通りにすることに集中しようと思う。時松くんにも、要が不在なことは連絡済みだ。

「……まずはご飯から炊こう」

そわそわする気持ちを落ち着かせるために、声に出してから立ち上がった。

十九時、時松くんがうちにやってきた。

紙袋には野菜がたくさん、そしてケーキの箱も。

私の顔を見て、明らかにホッとした表情を浮かべた。それもそうだ。時松くんには、ここのところずっと心配をかけ続けてしまっている。

「東京、お疲れ様。気の利いた差し入れがなにかわからなくて、無難にケーキになっちゃった」

そう言って、時松くんはそのケーキの箱を私に渡して、野菜の入った袋は玄関の内側に入れてくれた。

「ありがとう。こんな、もらっちゃっていいのかな」

「いいんだ。知葉は頑張ったんだから。帰ってきてくれて良かった……迎えに行きたいくらいだった」

「時松くん……」

「じゃあ、寒くなるから暖かくして……」

そのまま去ろうとする時松くんを、私は咄嗟に慌てて引き留めた。

「ちょ、時松くん、帰るの早い！　まだ私からもお土産を渡してない、それにご飯も作ってあるから……っ！」

ぴたりと動きを止めた時松くんは、なんだかそわそわしているように見える。

「あの、いいのかな？　要くんいないんだろ……？」

微妙に漂いはじめた、気恥ずかしい空気。

困る、こまる！　どんな顔をして部屋に上げたらいいのかわからなくなるので、それを慌ててかき消す。

「い、いないけど、ちゃんと東京の話を時松くんにも聞いて欲しい。時松くんが待ってるって言ってくれたから、ちゃんと話し合いができたんだよ？」

「……そうか」

嬉しそうな顔を時松くんがするから、私は思わずキュンとしてしまった。

だめ、緩むな私の顔！　気をしっかり持って！

気を抜くとニッコニコになってしまいそうになる顔を引き締めた。

時松くんは部屋に上がると、すぐにお仏壇に挨拶をしてくれた。

私はその間に、テーブルに夕飯を並べていく。

肉じゃが、焼き魚、五目炊き込みご飯。お浸しにお味噌汁。時松くんは、このメニューもすごく美味しいと言ってたくさん食べてくれた。

食器を下げてお茶を淹れたタイミングで、東京で買ったお土産を持ってくる。

ソファーに座った時松くんの隣に、ひとり分スペースを空けて自分も座る。

「甘いもの、苦手じゃなかったよね？　お酒も平気だった？」

「良かった。切り分けるのが面倒かもしれないけど、すっごく美味しそうだったんだよ」

はい、とお土産の入った紙袋を渡す。「開けてもいい？」と、時松くんは袋から包みを出した。

それを器用に丁寧に開けていく。

紙箱の蓋を開けて、「おっ」と声を上げた。

「パウンドケーキ？　あ、ラム酒を使ってるんだ」

添えられた商品のカードを熱心に眺めている。

「食べられそう？」

「パウンドケーキ、実は結構好きなんだ。姉ちゃんが昔作りまくってた時期があって、高校のとき一本持っていって友達と分けて食べてた」

「一本、持ってきてたの？」

「うん。一年の頃かな、ストレス解消なのかほぼ毎日焼いてて……母親はいい加減にしろって怒るし、姉ちゃんは焼くのやめなくて。だから夜中に姉ちゃんが焼いたパウンドケーキを、朝適当にラップに包んで学校に持っていってた」

毎日食べていたら飽きてしまいそうなのに、お姉さんの焼いたパウンドケーキはよっぽど美味しかったのだろう。男子高校生数人では、パウンドケーキ一本はあっという間になくなっただろうなと想像した。

時松くんは紙袋にパウンドケーキの箱を戻すと、「大事に食べる。ありがとう」とお礼を言ってくれた。

それから、東京での話し合いの様子や結果を伝えた。

プロポーズをはっきりと断り、坂田さんから謝られた話をしたときには、時松くんは安堵《あんど》の息を漏らした。

「俺、ちゃんと待つって言ったけど、正直不安だった。でもそれ以上に、知葉が俺を好きだって気持ちを信じて待ってた」

時松くんは、あの日連絡も我慢して待っていてくれた。もし立場が逆だったら……想像をすると、難しさがわかる。

「不安にさせて、ごめんね」

「勝手に心配してたのは俺だから……」

私は、ずっとこのまま時松くんを待たせるつもりなんだろうか。

不安は、わからないからくるものだ。その正体を知っていれば、なにも知らないよりはマシになる。

選択権を時松くんに渡したい。

すべてを話して、この先のことも時松くん自身が決められるようにしたい。

姿勢を正して、時松くんを見る。

「私ね、要を紅葉から託されたとき、これが自分の役目なんだって思ったの。可愛い要を不安にさせないために、自分の恋愛だってしなくていいって……ずっと時松くんを好きだったんだけどね。時々、時松くんを思い出して、それだけで十分だって考えてた」

私の心のなかには、この十二年も学生時代の時松くんが最後に見たままでいた。いつだって笑いかけてくれて、私は自分が歳を重ねて、あの頃よりも姿や状況が変わっても……。

時松くんを好きだった。

「知葉……」

「時松くんと再会できて、すごく嬉しかった。時松くんも好きって言ってくれて……気絶しちゃうんじゃないかと思うくらい嬉しかった。でも、私は要の居場所、安全地帯でいたい。要がアメリカにいってる間も。要に、自分は邪魔かもなんて思わせたくいつかみたいに、時松くんは頷いてくれる。

「……私と付き合っても、なんにもできないよ？　要には話せない。ふたりで出かけたり、が、外泊とかも難しいと思う。うちに泊まってもらうことも……。それでも、時松くんはいいの？　私は、時松くんを大事に想ってるけど、大事にできるかはわからない」

これが私の正直な気持ちだ。

「だから……。いつかこの関係が無理だと思ったら、私のことは忘れて……」

そう言った瞬間、強く手を握られた。驚いて、心臓がびくんと跳ねる。

「知葉は、俺がどれだけ好きかわかってない」

真っ直ぐ真剣な目で言うものだから、私は思わずたじろいでしまう。

「そ、そんなに好きなの……？」

「好きだよ。ものすごく好きだ。高校時代、嫌われたかと思ったけど諦められなかった。再会できたら、もっともっと好きになってる」

自分で聞いておいて、かなり恥ずかしくなってきてしまった。顔も首も、握られた手も、とんでもなく熱い。

「……待ってる間、考えたんだ。要くんの父親は、やっと紅葉を見つけたときには……って。あれが自分と知葉だったらって、何度も考えてしまうんだ。良くないことだってわかってるのに、何度もだ。そのたびに、ゾッとするしやり切れない気持ちに胸が潰れそうになる」

静かな部屋で、ふうっと時松くんが息を吐いた。

「だから、俺は待てる。知葉は一番に要くんのことを考えて。いつか要くんが成長して手が離れて、俺を認めてくれるまで……。そのとき今度は俺を見てくれればいい。まぁ、そのときまで知葉が俺を好きでいてくれたら……だけど……」

途端に自信をなくしたように語尾が小さくなっていくから、私は握られた手を逆に握り返した。

「同じ気持ちだよ、私も。時松くんが生きてる限り、ううん、死んでも好きだよ。でも死なないで、長生きして……そのときになったら、たくさん一緒にいよう」

泣くのを我慢して笑うと、時松くんも笑ってくれた。

時松くんを抱きしめたい気持ちがわいてくるけど、そうしたら今夜はタガが外れてしまう気もする。

ここでは、これ以上のことはしたくない。

「ごめんね」と謝ると、「それよりもっと、好きって言って欲しい」とねだられてしまった。

＊＊＊

知葉の気持ちを改めて聞き、俺はひたすら待つと決めた。

元々そう決めていたけど、改めて気持ちを固めたのだ。

知葉をまるごと、状況からすべてを愛せると確信したとき。諦めないで知葉を思い続けていて本当に良かったと思った。

だって、時間さえ経てばいつか知葉と一緒にいられるのだ。

知葉とはメッセージのやり取りを続け、たまに夕飯にお呼ばれした。要くんは嫌がらず俺を受け入れてくれているように見えるけれど、もしかしたら気を使ってくれているだけかもしれないと気を引き締める。

俺は記念行事で、最後のアクロバット飛行を終えた。

だからといって即任期終了ではなくて、所属している第十一飛行隊から去るまでは普段通りに訓練飛行をしている。

後任の三番機パイロットには、マンツーマンで俺が先のパイロットから受け継いだすべての技術を伝授していかなければならない。

夢の淵から引き上げられるようなスピードで日々が、時間が過ぎ去っていく。

ブルーインパルスのパイロットになりたい。その夢が叶った三年間が、終わりに向かって走っていく。その背中がどんどん小さくなって見えなくなると、ついに三月を迎えていた。

三月。任期三年目の終了近く、この松島基地での最後の訓練フライトの日を迎えることになった。

昨日の夜は、珍しく知葉から電話をもらった。

松島基地まで行って、フェンス越しに見守っていると言ってくれた。明日のラストフライトには岩手から両親を呼んでいるから、知葉に紹介したいと思ったけれど言い出さず堪える。

俺の両親は大喜びするだろうけど、知葉にとってはとてつもないプレッシャーになってしまうだろう。

『明日、気をつけてね。無事にラストフライトが終わるように見守ってる』

『うん、絶対見てて。明日は、知葉と要くんのために飛ぶから』

『基地のみなさんとか、ファンの人たちはいいの？』

『じゃあ、知葉と要くん、松島基地の皆と、支えてくれたファンのみなさんのために飛ぶ』

スマホの向こうから、ふふっと笑う声がする。

『晴れるといいね、雲もあんまりないといいね』

『そうだね。天候が良好の方が、色々できるからいいな。あー……本当に終わるんだなぁ』

声に出してみたら、ちょっとだけ涙が出た。

そのあと、今日は早く寝た方がいいと言われて電話は終わってしまった。それでも、知葉と話ができたことは嬉しかった。

翌朝は程好《よ》く晴れた。両親は仙台に着き次第、電車でこちらに向かうと連絡があった。

スマホには、知葉からのメッセージ。平日の今日、要くんは学校だ。『パインさん頑張って！』と、言っていると教えてくれた。

ラストフライトである訓練飛行は午後。知葉はお昼頃にこっちに着くように出発してくれるらしい。

「落ち着いて、いつも通りに。そうすれば、一番格好いいところを見せられる」

そう、頭に叩き込んだ。

基地では、朝から仲間たちがたくさんの労いの言葉をかけてくれた。特に俺が既婚者に惚れてしまっていると勘違いをしていた佐藤二佐は、「時松はよく笑うようになった」と相変わらずのニコニコ顔で言ってくれた。

その隊長も、この夏で任期が終わる。

でも俺たちはこれからも自衛官なので、どこかの基地で会うこともあるだろう。

プリブリーフィングと呼ばれる、事前の念入りの打ち合わせがオペレーションルームで行われた。

緊張感のある空気のなか、気象情報や代替飛行場の確認が行われる。

それから、飛行隊長から注意事項と今日の課目の確認などが伝えられた。

隣に座る俺の後任の三号機パイロット、山木《やまき》は瞬《まばた》きも忘れたように話を聞いている。

俺も前任のパイロットの隣で、こんな風に肩に力が入った時期があったんだと懐かしく思う。

ボントン・ロールという、全機で息の合わせた操作を求められる課目がある。スモークを出す、止める、機体を回転させるタイミングを合わせるために、ブリーフィングの最後には全員で手の動きを合わせる練習をする。

「ワン、スモーク。スモーク。ワン、スモーク。ボントン・ロール、スモーク。ナウ」

前席コックピットに座るパイロットがテーブルに手を乗せ、隊長の声に合わせ操縦桿を握る手つきでスモークのトリガーのオン・オフの仕草を取る。

打ち合わせが終わり山木と話をはじめると、俺を見るその瞳にはすでに涙の膜が張っていた。

「時松さぁん」

張り詰めていた空気が、少し緩む。

「情けない声を出すな。お前はちゃんと一人前《いちにんまえ》のブルーインパルスのパイロットだよ。しっかりしろ」

そう言うと、山木は自分の袖で目元を拭う。それを見ていた他のパイロットが「泣かすなよ～」と茶化《ちゃか》し、小さく笑いが起きた。

ブルーインパルス六機、六人のパイロットは言葉ではいい表せない絆と信頼がある。神経を張り巡らせた課目。六機がときにひとつの機体のように飛ぶたびに、自分がブルーというひとつの命になっているように感じていた。

俺はメンバーを、応援してくれた人たちを、飛んだ全国の空を絶対に忘れない。

基地の外には、今日の俺のラストフライトを知った人たちが見にきてくれていた。手作りのパネルを持った人や、カメラを首からかけた人、脚立を使いカメラを構えた人もいる。

たくさんの人が、応援にきてくれている。きっとあのなかに、知葉もいるはずだ。

ラストフライトは航空祭ではないけれど、本番さながらの展示飛行訓練を行う。訓練後には、ここでちょっとしたセレモニーがあるのだ。

BGMが流れ、ナレーションがはじまった。

ウォークダウン、フルショーの幕開けだ。

ひとりずつ、隊員の紹介がされる。

パイロットたちは一糸乱れぬ行進で一番機から順に自分の乗り込む機体の前へ進んだ。

わあっと、フェンスの向こうから歓声が上がった。

俺たちは美しく磨き上げられた機体の前に並ぶ。機体の前には、各機体の整備を担当するドルフィン・キーパーが三人ずつ立っている。

ドルフィン・キーパーも三年の任期で、その機体の専属になる。俺たちパイロットとキーパーは、全国どこへ行くにも一緒だった。

機体が完璧に整備されているのも、ピカピカに磨き上げられているのも、すべてキーパーのおかげだ。

ドルフィン・キーパーと、敬礼を交わす。『いってらっしゃい』と、いつものように目線をくれる。変わらず、今日の整備も完璧なのだろう。

耐Gスーツを装着し、機体をそっと撫でてから乗り込む。

ドルフィン・キーパーに見送られながら駐機場から滑走路へ地上滑走するなか、フェンスの向こうの人たちに笑顔で手を振った。

滑走路からそれぞれ六機は離陸し、空中で集合する。これが最後、と無駄な力が入らないように、飛ぶことだけに集中をした。

今日の飛行訓練も、万全に挑めたおかげで完璧なものとなった。

六機の隊列でスモークを上げながらハイスピードで存在感を主張するデルタ・ローパス。

一番機、二番機、三番機が横一列になったまま最大高度四千フィートから雄大なアーチを描く。

隊長のコールで六機が同時にスモークを止め、一斉にくるりと機体を右へ三百六十度回転させるボントン・ロール。

三年間で身につけた技術を最後まで発揮できた、心にしっかりと残る飛行になった。着陸し、駐機場へ戻る。機体から降り地上へ足をつけた瞬間、ブルーインパルスのパイロットとしての三年間が終わったのだと強く心に刻まれた。

各機体のパイロットたちと握手を交わし、抱き合い、駐機場へきた父親から花束を受け取った。

フェンスの向こうから拍手がわき起こり、俺はその人たちにも挨拶をしたくて近づく。

するとフェンスのもっと向こうで、知葉が人々に混ざって拍手をしながら泣いてくれていた。

その姿を見て、すぐに駆け寄りたかったけれど無理なのは百も承知だ。

胸に込み上げるもので涙が出そうになって、誤魔化すために下を向いたけれどバレたと思う。

名残り惜しいけれど挨拶をしてフェンスから離れると、恒例のバケツシャワーが待っていた。

ブルーの任期が終わり、新天地や元にいた基地へ戻るパイロットの前途を祝す恒例行事だ。

でかいバケツで隊員たちから散々水を頭からかけられたおかげで、涙は水と一緒に流れていき最後には笑顔が残った。

＊＊＊

三月にブルーインパルスの任期を終えた時松くんは、少しして元いた沖縄の基地に戻っていった。

そこについていく選択肢は、はじめからなかった。もし万が一についていったら要をまた転校させないといけないし、自衛官である時松くんには転勤もあるらしい。七門くんという、大事な友達ができた要を大人の都合でまた振り回す訳にはいかないのだ。

要がアメリカの坂田さんの元へ、無事に行って生活が安定したのがわかったら、改めて考えよう。私単身ならここに留まる理由がないので、そのときになったら考えようと時松くんとは話し合った。

遠距離恋愛のまま、一年が過ぎた。さすがに沖縄なので簡単には行けなかったけれど、要がパインさんに会いたいと言ってくれたおかげで夏休みに一度だけ顔を見に行けた。

会いたい夜は、よくブルーインパルスの動画を見た。私が出会っていなかった、二年目までの動画だ。

そのなかの時松くんは、緊張しているのか一瞬表情が硬かったり、前任のパイロットと一緒に行動していたり。初々しい姿を思い切り摂取した。

要が四年生になった年には、二度沖縄へ行けた。要は時松くんと個人的にメッセージのやり取りをしているらしく、ふたりで釣りに行っていた。

私は仕事が終わらず、ノートパソコンをホテルで開きひたすら頭に浮かぶ文章を追いかけながら打ち込む。

ネット環境さえあれば、どこでだって仕事ができる。ありがたい反面、オンとオフの切り替えが難しく万年仕事をしているような気持ちになる。

ただ、なにもしなければしないで、罪悪感に襲われたりもする。

ビーチに面したホテルだったので、夕暮れには要は浜辺で写真を撮ると言って飛び出していった。

私と時松くんはそこで、ほんの少し触れるだけのキスをはじめてした。一度だけだったけれど、うまく言葉が出てこないくらい感激して、頭がぼうっとしてしまった。

時松くんとたまに、トークアプリのテレビ電話機能を使いリモート夕食会をする。夕食の時間を合わせ、要と私、スマホ画面の向こう側の時松くんと夕食を同じタイミングでとるのだ。

発案者は要で、なんだか面白いことをよく考えつくなと私は思っている。

沖縄から帰ってきてからしばらくして、要は学校でサッカークラブに七門くんと一緒に入り、週に二度ほど放課後に校庭で走り回っていることを時松くんに報告している。

英語塾、サッカークラブと忙しくしていると得意げだ。それから、あのねと話題は尽きない。

そうして。

「パインさんは、ともちゃんといつ結婚するんですか？」

私はびっくりしてお茶をひっくり返してしまうし、時松くんはスマホの向こうで絶句している。

「な、どうして、結婚なんて話……！」

「だって、ふたりは好き合ってるんでしょ？　違うの？」

ふざけてない、真剣な顔で要に聞かれて、私は頷いてしまった。

「でも、でも結婚はまだタイミングじゃないの。それぞれ忙しいし、ね？　時松くん？」

『あっ、うん。そうだな。なんせこれだけ離れてるから、色々な……』

大人が揃ってしどろもどろになると、要が「でも」と続けた。

「ぼく、パインさんとともちゃんには、パパとお母さんみたいになって欲しくないんだ。生きてるのに、好き同士なのに、結婚したらだめなの？」

まさか要がそんな風に思ってるなんて気づけなくて、私は驚いて言葉が見つからなくなってしまった。

けれど時松くんは、すぐに落ち着きを取り戻していた。

『要くんと知葉に会ったときから、考えていたんだ。ふたりの支えになりたい、家族になりたいって。ゆっくりで大丈夫だから、俺もそこに加わるのを歓迎してくれる？』

時松くんは、ものすごく言葉を選んでくれた。結婚とか好きとか、そういう言葉は選ばないでくれた。

それを聞いた要は「ともちゃん！　良かったね！」と顔を高揚させる。そうして時松くんには、「大歓迎！」と叫んだ。

「要、心配してくれてたの……？」

「心配だよ。お母さんだって、そうだって言ってると思うよ」

確かに。紅葉もきっと、やきもきしながら見守ってくれていたに違いない。

はあっと、息を整える。

「私、要が大事だからね。それはこれからも変わらないよ」

私は変わらず、要を大切に思っていると伝える。

「知ってる。ともちゃんは、ずーっとぼくの味方だもん！」

はっきりと要が言ってくれた言葉。子育てについて試行錯誤だらけ、手探りだった私にとってそれは、煌めく金メダルみたいだった。


——それから半年して、時松くんと私は籍を入れた。

だからといってすぐに沖縄には行かず、要を無事にアメリカへ送り出すまでは宮城で要とふたりで暮らした。

今生の別れではないのに、私は要を見送ったあと。体の水分がすっからかんになるくらい泣いてしまった。

三年したら要は、石川にある高校の航空科に通うために日本に帰ってくる。そのとき、アメリカで坂田さんも私みたいに泣くんだろうな。

いや。坂田さんのことだから、アメリカから引き上げて一緒に日本に帰ってきそうな気もする。

落ち着いたあと、先に時松くん……紀一郎くんと基地からすぐそばのマンションに引越しをして新婚生活をはじめた。自衛隊の社宅のような官舎もあったのだけど、私の仕事柄ウェブでの打ち合わせもあり、防音を優先してもらった。

その一年半後には娘、萌恵《もえ》が生まれた。

私は三十七歳での出産で、これから自分の体力との戦いがはじまる。とにかく色々なものに頼りまくり、育児で消費される体力や気力を少しでも温存していく構えだ。

紀一郎くんもかなり喜んだけれど、同じくらい喜んだのは要だ。

あっという間に、日本で言う中学三年生になった。要はアメリカから萌恵に会いにきてくれて、抱き上げた途端に愛情が更に大爆発したらしい。

退院したばかりの私の体を心配し、萌恵の世話を積極的にしてくれる。首のまだすわらないふにゃふにゃの萌恵を臆することなく抱っこして、ミルクを作り飲ませてくれる。

これ、要が生まれたときに私がしていたことと同じだ。

「赤ちゃん……萌恵、可愛いね」

うとうと微睡む萌恵を抱っこしながら、要がしみじみと呟く。アメリカでもすくすく成長した要は、いま身長が一七八センチもあるという。ばっちり受け継がれた坂田さんの高身長遺伝子が火を噴いたようだ。

「要が生まれたときも可愛かったよ、ふにゃふにゃで。はじめは抱っこするの怖かったけど、紅葉がひょいひょい抱き上げるの見て、意外と丈夫で平気なんだなって……」

「それはお母さんが雑だったんだよ。ぼくはそんなことしないよ、大事な天使みたいに萌恵を扱う」

「天使だって、紀一郎くん」

紀一郎くんは、要と萌恵を動画におさめるのに夢中だ。ご両親に頼まれているらしい。

「俺にしたら要も萌恵も天使だよ」

紀一郎くんは、萌恵が生まれた先週からずっと浮かれている。そこに要が帰ってきたものだから、嬉しい気持ちが限界突破しているようだ。

「知葉がいて、要がいて、萌恵が生まれて。俺、こんなに幸せでいいのかな」

紀一郎くんが、スマホを下ろしてぽつりと言った。

私と要は、顔を合わせる。

「いいと思う。私も幸せだもん」

「ぼくも。ああ~早くパイロットになりたい、そうしたら家族みんなを招待して旅客機に乗せるからね!」

要がまずは副操縦士になるには、あと十年くらい先だろうか。

高校の航空科から航空大学校、それから航空会社に就職して地上研修、スムーズに進めば最速でも二十三、四歳で副操縦士になれると聞いた。

トントン拍子に順調にいけば、三十歳を前に機長になれるという。

うんと先にまだまだ楽しみなこと、幸せなことが待っているかと思うと、堪らなくなってくる。

「みんなで家族になれて、本当に良かったって思う。私と家族になってくれてありがとう。大好きだよ」

そう呟くと要と紀一郎くんは満面の笑みを浮かべ、萌恵は要の腕のなかで安心しきってあくびをしていた。

番外編

要からその連絡を受けたのは、あと半年でアメリカから日本へ帰ってくるという頃だった。

お昼過ぎ。鳴り出したスマホに、先月から萌恵が通いはじめた保育園からかと一瞬身構える。

突然の発熱で保育園からの連絡をもらうことは、要の子育てで多々体験していた。

朝は元気で登園したのに、保育園から連絡を受けて慌てて迎えにいくと、真っ赤な顔をした要が鼻水を垂らして私を先生と待っていたりしたのだ。

一歳から保育園にお世話になっている萌恵も、絶対にその道を辿ると確信している。

素早く手に取ったスマホの画面を、薄目でそろりと確認する。

そこには、アメリカに行ってから新たになった要の番号が表示されていた。

「保育園……と違った！」

普段から要とはメッセージのやり取りをしているけれど、こんな時間は珍しい。

どうしたんだろうと、急いで通話ボタンをタップする。

「もしもし？　ごめん、お待たせしちゃった」

アメリカはいまごろは真夜中。『ともちゃん』と私を呼ぶ要の声に、あれ？と身構える。

スマホにかかってきた要からの電話。困ったような、悲しいような、そんな感情が声色に乗っていた。

「どうしたの、なにかあった？　坂田さんとケンカした？　全力で加勢しようか？」

十四歳の要は、身体的にも精神的にも更に成長をする時期だ。自分の考え、大人の意見、置かれた状況。色々な要因、例えばそれがほんのわずかなことでも、きっかけになるには十分すぎるほどに心は敏感になっている。

坂田さんとケンカしたと、前にも言っていたことがある。お互いに意見を言い合い、すぐに仲直りしたと報告してくれた。

私はあの要にひたすら優しかった坂田さんが、要とケンカするほど距離が縮んだことが嬉しかった。

要の欲しいものだけを与え、いいとこ取りをして申し訳ないといつか謝っていた坂田さん。けどいまは、子育てのしんどいところを経験しているのだ。

脳裏で萌恵の十数年後を想像して、思わず息を呑む。私も紀一郎くんもいずれ、その期間を経験するのだ。

自分の反抗期を振り返ってみると、母が心配をしてかけてくれる言葉や行動が、子供扱いされているようで嫌だった。

母から見れば私たち双子が赤ちゃんでも十四歳でも、子供には変わらない。だけど私はできることが増え、親の手から離れて外の世界とどんどん繋がっていく。

自分の子供時代は終わったと、そのとき思っていた。

要もそう思っていて、坂田さんと衝突したんだろうか。

『……パパとケンカとかしてない。毎日忙しくて、ちょっとだけうるさく感じるときがあるけど』

「大人になってきた証拠だね」と言いかけて、慌てて口をつぐんだ。十四歳の私がこんなことを言われたら、バカにされたと怒り出すからだ。

そうなったら、もうきっと話をしてもらえなくなる。要は昔から、私よりちゃんとした子だった。

私は自分を心のなかで戒めながら、話を続ける。

「なにか、困ったことがあった？」

『……うん』

「私はいつだって、要の一番の味方だよ？　頼って欲しいな」

ふふっと、スマホの向こうから小さく笑う要の声。それから『あのね』と。

『アメリカにきてから、二年以上も経つのに毎日覚えることがたくさんあって。パパの知り合いにパイロットの人がいてね。その人からも色々教えてもらったり、学校の勉強もあって……』

要がアメリカに行ってから二年半。がらりと変わった生活に、まだ慣れないこともあるのだろう。

「しっかり頑張ってるね。私は要の保護者として鼻が高いよ」

『頑張ってるよー。勉強サボって、七門くんに置いていかれるのも嫌だから』

ふたりは相変わらず仲が良く、要は日本に帰ってきたときには宮城まで飛行機と電車を使って七門くんに会いに行っている。

要曰く、移動が大変だけど他の友達にも会えて、スケジュールが合えばブルーの飛行訓練が見られるから最高だという。

『……だけどね』

「うん」

一瞬、間が空く。

『新しいことを見たり覚えたりするとね、どんどんお母さんの記憶が薄くなっていく気がするんだ。ぼくはもう、お母さんの声がどんなだったかわからないよ。顔より、触られた手とかの方をやっと覚えてて
——このままじゃ、いつかお母さんの思い出を完全に忘れちゃいそうで怖い。』

要はそう、消え入りそうな声で言った。

私は、頭が真っ白になってしまった。

だって、紅葉が亡くなったのは要が三歳のときだ。やっと物心がついたような、やっと赤ちゃん期から幼児へ移行した……それでも、あまりにも小さい。

触れられた手の姿を覚えているだけでも、上出来なんじゃないだろうか。

でも、要はそれも忘れてしまうことを恐れている。

『ともちゃん、どうしたらお母さんを忘れないでいられる？　ぼくのなかの、小さいお母さんがすり減ってもう、なくなっちゃいそう』

私、それはもう必死で考えた。写真、動画、要が小学校に上がる頃、散々見せていた。

いまもっと、新しい紅葉の……なにかないだろうか。

「……あっ」

紅葉はとにかく豪快なくせに妙に繊細で、とびっきり優しい子だった。私が知っている紅葉と、要の心に母親として残っている紅葉とではイメージが違うかもしれない。

けれど、私も、紀一郎くんも紅葉の思い出がある。それを要に聞かせるのはどうだろう。

「要が欲しいものとは違うかもしれないけど、私も紀一郎くんも紅葉の思い出話ができるよ。要が生まれたときの話も。来月要が日本に一時帰国するとき、いっぱい話をするのはどうだろう」

『お母さんの話、パインさんからはあんまり聞いたことないかも……！　ぼくが生まれたときの話もまだ知らない！』

「でしょ？　紀一郎くんからも紅葉の話、結構聞けると思うんだ。今夜紀一郎くんが帰ってきたら協力してって伝えるね」

『うん。ありがとう。ちょっと元気が出てきたよ』

「良かった。要が寂しがるかなって、紅葉の話を避けてた時期も実はあったんだ。だから私も、いま要と紅葉の話ができるの嬉しい」

『そうなんだ。ともちゃんも大変だったね』

労る言葉が要から聞けて、彼の心の成長をしみじみと感じる。

「へへ、まぁ大変だったけど、可愛い要のためならね。それに、そういうのも、本当なら私も気づくべきだったのにごめん」

寂しい思いをさせたと謝ると、要は大慌てしてしまった。

その日の夜、保育園で体力を使い果たした萌恵がすとんと寝たあと、紀一郎くんに要からもらった電話の内容を伝えた。

先に横になっていた紀一郎くんは、半べそになりながら話をしてベッドに潜り込む私に驚いたようだ。

私は要からの電話を切ったあと、ものすごい罪悪感と後悔を感じていた。

「……萌恵の出産や育児にかかりっきりで、要のことを疎かにしちゃってた。離れたって、変わらずに私は要に気を配らなきゃいけなかったのに……寂しい思いをさせちゃった」

言葉と一緒に涙まで出てくると、紀一郎くんはベッドのなかで私を強く抱きしめた。

堪らなくなって、その逞しい胸に子供みたいに抱きつく。私は紀一郎くんと結婚してから、ものすごく甘ったれになってしまった。

最初はうまく甘えられなかったけれど、少しずつ甘え方を教えてくれたのは紀一郎くんだ。

「知葉はちゃんとやってるよ、それをいうなら気を配れなかった俺も同罪だ。いままで変に坂田さんに遠慮してたけど、これからは要ともっと連絡を取る」

「紀一郎くんは連絡してくれてる方だよ、週に二、三回はメッセージのやり取りをしてるって言ってたもんね」

「うん。だって食生活からなにから向こうではがらりと変わるから。成長期だからどんどん成長して吸収していくぶん、余計なことも嫌なことも入ってくる……たくさん詰め込まれて、紅葉のことを忘れてしまいそうだって気持ちもわかる」

日本の高校の航空科へ進めばパイロットになるためのライセンスをとりに、アメリカへ留学することになる。

その前に坂田さんの元でアメリカの生活に慣れておくのは、要にとって将来的に有益だ。私たちも応援して見送ったけれど。

紅葉を忘れそうだと悲しむなんて、想像もできなかった。

紀一郎くんの背中に回した手に、力がこもる。

「……要が知らない話も、知りたい話も、紅葉の話、いっぱい話そうと思うの。紀一郎くんにも協力して欲しい」

「協力するよ、必ず。俺が紅葉と話すようになったのは高校三年生になってからだけど、色々エピソードはあるから。まずは図書室ではじめて知葉と話したとき、いきなり『知ちゃんに馴れ馴れしくしないで！』って言われたのがファーストコンタクトだった話だろ？」

「……あった。そうだったね、思い出した！　図書室でたまたま見かけた紀一郎くんがなんだか心配で、普段は男子に自分から必要以上に声をかけたりしなかったんだけど勇気出した日だ」

あの頃から、明るく目立っていた紀一郎くんが、なぜだか普段見かけない図書室にいたんだ。

雰囲気も暗くて、なにかあったんだろうなというのは一目瞭然だった。放っておいて欲しいだろうなと思いながらも、なぜだかそれができなくて声をかけたんだっけ。

めちゃくちゃに緊張した、そんな気持ちを思い出す。

その紀一郎くんをそれから十二年も想い続けて、再会できて、紀一郎くんも私を想ってくれていて。

要が背中を押してくれたのがきっかけになって結婚して、萌恵が生まれた。

「紅葉が、高校時代に私たちの間に入ってくれてたんだよね。私は意気地なしだし、紅葉がいてくれなかったら紀一郎くんを遠いところから見てるだけだった」

「俺だけだったら、もしかしたらグイグイ行きすぎて知葉を怖がらせたと思う。だから間に紅葉が入ってくれて、叱られてばっかりだったけど……楽しかったこともあったよな」

紅葉はいまごろ、私たちがやっとくっついたと肩の荷をおろしているだろう。要や坂田さん、それに私たち。見守る紅葉は実はかなり忙しいんじゃないかと思う。

これから、要にたくさん紅葉の話をするからね。紅葉のことだから、喜ぶと同時に「ぎゃーっ」なんて照れて叫んでいるかも。


そしてクリスマスの一週間前。要と坂田さんは沖縄にやってきた。

坂田さんも一緒？と思ったのだけど、紅葉の高校時代の話を聞きたいと言って参加表明をしたのだ。

私もいつか坂田さんから紅葉の東京での暮らしぶりを聞きたかったので、いい機会になった。

紀一郎くんの所属する戦闘機部隊はスクランブル発進に対応するために二十四時間

体制の勤務だ。けれど交代制なので仕事になってしまう場合もあると、一応先に説明をして、来日を紀一郎くんの休みのタイミングに合わせてもらった。

私たちが朝から要と坂田さんを迎える準備でバタバタしているのを、萌恵は楽しそうに追いかけ回してくる。あちこちふらふらと伝い歩きで追いかけてくるので、最後は紀一郎くんにおんぶ紐で背負われていた。

萌恵を私に預け、空港近くに車で迎えに行ってくれた紀一郎くんがふたりを連れて帰ってきた。ふたりは昨日の夜に那覇に着き、近くのホテルで体を休ませるために一泊したあとだ。

要と坂田さんは、萌恵にクリスマスプレゼントを用意してくれていた。

「萌恵～、おにいちゃんだよ～」

要は玄関先で出迎えた私に抱かれた萌恵の、小さな手を握る。要はまたちょっと背が伸びたようだ。

すっかり少年と青年の真ん中な、あの頃にしかない透明感みたいなのをまとっている。

この間まで、本当に子供だったのに。私と手を繋いで、小学校に入学したのがつい先日みたいに思う。

「萌恵、おっきくなってる！　あ！　手、手はホテルを出るときに洗ったからね、車でもウェットティッシュでしっかり拭いたから！」

私に一生懸命に言ってくれる要に「大丈夫だよ」と伝える。

「清潔なのは大事だけど、そんなに気にしなくて大丈夫だよ。萌恵、この間気がついたら玄関にぶら下げてる靴べら舐めてたし」

「萌恵、靴べら舐めてたの!?」

「すぐ取り上げたけどね。ちなみに要は、萌恵くらいの頃は実家にあった孫の手が大好きでね。長い得物が好きなのは血筋なのかな？　今日はしっかりその話もするよ」

紅葉の思い出もだけど、要が生まれたときの思い出だってしっかり私が覚えている。なんせ病院にも付き添い、立ち会いも私がしたんだから。

要は自分が生まれたときの話をされたのが予想外だったのか、エヘヘなんて照れながら萌恵を抱っこした。

萌恵も要には半年に一度ほどしか会えないのに、泣きもしないで要の顔をじっと見ている。それから手を伸ばして、口元を触る。

「要、このまま萌恵を抱っこしてもらってていい？　すみません坂田さん、ご挨拶が遅れました」

萌恵を抱っこした要を先に部屋に上がらせる。要がアメリカに行ってから、坂田さんとは会っていなかったから久しぶりだ。

「今日は要に着いてきてしまってすみません。僕も紅葉の話を聞きたくて」

「私も、坂田さんから聞きたい話があるので大歓迎です。ね、紀一郎くん？」

「はい。俺も紅葉さんとは同級生でしたから、彼女が上京してどんな感じだったか……想像するに多分かなり元気だったんじゃないかと思うけど」

坂田さんは紀一郎くんの言葉に、ふはっと吹き出した。

「ふ、あははっ、やっぱり紅葉は高校時代も元気な感じだったんですか？　東京でも紅葉は元気でしたよ、僕はその頃少々卑屈な性格で、紅葉には甘えるなとよく叱られました」

多分『もっと自分に自信を持って』と言いたかったんだろうけど、紅葉の場合は叱咤激励になってしまったんだろうな。

「なんとなく、紅葉がどんな感じだったかは想像がつきます。俺もよく、『知ちゃんを泣かしたら許さない』と言われていましたから」

「紅葉の高校時代の話、聞くのが俄然《がぜん》楽しみになってきました」

坂田さんは、楽しげに白い歯を見せる笑い方をした。

家に上がってもらい、リビングにみんなで集まった。大きめなローテーブルを囲むように座ってもらい、私はお茶を出す。

日頃リビングを占領している萌恵の山のようなオモチャたちは、まとめて寝室に放り込んである。

要に抱かれた萌恵は、はじめて会った坂田さんに興味津々だ。要の腕のなかから坂田さんをニコニコ笑いながら見ているので、しばらくは機嫌が良いなと確信した。

「では。今日は紅葉の思い出話を披露する会に、お集まりいただきありがとうございます」

一応、挨拶らしいことをしてみる。

「あ、ともちゃん、ちょっと待って!」

萌恵を抱えた要からストップがかかる。

「大事なの、忘れてる」

要は萌恵を抱いたまま、器用に自分の背負ってきたリュックから、あるものを出してテーブルの真ん中へ置いた。

「これは……っ」

「アメリカに行くときにもらった、お仏壇に飾ってあったお母さんの写真!」

どうしてもアメリカを紅葉に見せたいという要の希望で、お仏壇に飾った紅葉の写真を渡したのだ。

テーブルの中央に置かれた写真立て。そのなかで笑う紅葉を、久しぶりに見た。しかし、なんだかこれは……。

「いまから降霊術をはじめるみたい……」

私のぽつりとした呟きに、坂田さんが吹き出してそれに紀一郎くんが驚く。要はゲラゲラ笑うので、私もつられて大笑いしてしまった。

「紅葉の写真はこっち、紅葉のスペースを作るね。お茶も煎れようか」

みんなでテーブルを囲っていても、テレビの前は誰も座らないのでそこに紅葉の写真立てを置いた。

「これから私や紀一郎くん、坂田さんが紅葉の話をするけれど、要は聞きたくない、嫌だなと思う話が出たときにはストップって言ってね。私たち大人は、要からストップがかかったときには即座にその話をやめる。いいですか？」

要と紀一郎くんと、坂田さんが頷く。

「じゃあ、私から。要が生まれた日の話をします」

みんな一斉に、座ったままで姿勢を正した。

＊＊＊

その日は、昼間からやたらと風が強かった。

要の生まれる予定日は三月三十一日、その当日の話だ。

今日産まれたら〝早生まれ〟になるなんて母が心配していたけれど、紅葉は『早生まれでもなにも問題ないよ』と言っていた。

前年四月に生まれた子供と丸一年分成長に差が出ても、小学校に上がる頃には大体みんな同じになるって言うよ。そう、紅葉は母に言っていた。

いま思えば、お腹の子供は男の子だってわかってたし、背の高い坂田さんに似たら身体的な差はほとんどないだろうって紅葉はわかってたんだと思う。

それに、推定三千三百グラムはあるだろうと前日の超音波検診で言われていた。大きい方らしいと。

『まだ子宮口も開いてないし、あくまで予定日は予定だから』とも担当医に言われていたのだ。

その頃、私はもう駆け出しの作家で在宅で仕事をしていたら病院までの送り迎えを引き受けていた。

ひとり暮らしをしていたアパートを引き払って、紅葉の子育てを母と一緒に手伝うために実家に帰っていた。

紅葉は臨月まで体重増加をちょっとだけ医師から注意されていたけど、検診後に回転寿司か喫茶チェーン店に寄るのを楽しみにしていた。

だから昨日の検診の帰りにも、喫茶チェーン店に寄ってソフトクリームの乗った甘いデニッシュを食べていた。メープルシロップをたっぷりかけて。

丸く膨らんだお腹は臨月だと誰が見てもわかるほどで、よく『いつ生まれるの？』なんて知らないおばあちゃんに、どこでも話しかけられていた。

『子供が生まれたら、しばらくこれなくなるから食べ納めしようっと』

紅葉はそう言って、甘いデニッシュを完食したあとにハムトーストも食べていた。

私はいつ産気《さんけ》づくか不安で、ここでいきなり破水からスタートしたらどうしようなんて考えていた。

育児雑誌には『突然破水したら』なんて緊急事態の対処のし方が載っていて、私は紅葉を乗せる車には何枚もバスタオルを積んでいた。

ひたすら万が一を想像し続ける私と、『どうにかなるよ』と呑気な紅葉。

『あんこが入ったコーヒー、頼もうかなぁ。知ちゃん、半分飲まない？』

『食べすぎじゃない？　大丈夫？』

『平気。ていうか、なにかしてないと、怖くて』

そう言って紅葉は、ふっと眉を下げて困ったように笑った。

『怖い……。うん、はじめてのお産だもん、怖いよね』

『ずっとお腹のなかで元気にしてるのに、もし出産のときになにかあったらって想像しちゃうんだ。赤ちゃんに会いたいのに、低い確率でもどっちかが死んじゃうかもしれないって事実が怖い』

出産時の事故は、まったくない訳ではない。お産の情報を集めると、必ずそういった悲しい話も知ることになった。

私は……すぐに励ます言葉が出てこなかった。たくさんの言葉を使って、本を書く仕事をしていたのに。

怖さを代わってあげられないのがつらかった。私は側にいるのに、その怖さは半分こにできないのがもどかしかった。

私たち、ひとつの胚《はい》を半分こにしてふたりになった姉妹なのに。

だからあんこの入ったコーヒーを頼んで、紅葉が残した半分を飲みきった。私の片割れは、『ありがとう』って今度は明るく笑ってくれた。

その夜だ。ちょうどこれから十九時のニュースがはじまる頃で、紅葉は喫茶チェーン店で食べすぎたからと言って夕飯をキャンセルしていた。

『うぅ～、食べすぎて胃が痛くて気持ち悪い』

胃の辺りをさすりながら、紅葉はソファーにずっと横になっていた。

私がお風呂に入る時間にも、母が明日の朝食のためのお米を研ぐ時間になっても。

あぁ～とか呻きながら、たまにスマホを眺めていたりしていた。

『胃痛が治らない、おかげでお腹が張るよ～』

私にそう泣きついてきたのは、二十二時になってからだ。食べすぎだよなんて紅葉に言いながら、ふと違和感を覚えた。

『……ねえ、それ胃痛じゃなくて、陣痛じゃないよね？』

紅葉は私とたっぷり見つめ合ってから、『あ、いてて……』とお腹をさすった。

＊＊＊

「それで、どうなったの!?」

前のめりになって聞く要に、私は答える。

「やっぱり胃痛じゃなくて、陣痛だったの。病院に一応連絡したら、心配ならきてって言ってくれてね。胃痛だったら恥ずかしいね～って言いながら入院セットを車に積んで病院に行ったら、子宮口がもう五センチ開いてるから即入院になった」

「それで、ぼくが生まれたんだ」

「そう。初産だから時間がかかって、要は四月一日の夕方に生まれたんだよ。紅葉は分娩台で要をはじめて抱っこしたとき、ボロボロ泣いて喜んでた」

いまでもしっかりと覚えている。長い時間陣痛に耐えたあとの出産で、紅葉も疲れ果てていた。やっとの思いで産んだ要を胸の上にのせてもらい、紅葉は要の頬を撫でたあと泣いていた。

ちいさい宝物だ、可愛い、大好き。何度も要に向かって囁《ささや》いていた。

あのとき、きっと坂田さんのこともどこかで思い出してたんだろうな……と坂田さんをちらりと見ると、ハンカチを目にあてていた。

「坂田さん……」

「すみません、色々込み上げてきてしまって。僕が付き添ってあげたかった、要の誕生を一緒に喜びたかったたって……っ」

「坂田さんにも、要が生まれたときのことを知ってもらえて良かったです。笑っちゃう話になっちゃったけど、紅葉が不安を抱えていたことを知ってもらえて良かった。紅葉を、要を捜して見つけてくれて、ありがとうございます」

坂田さんはいつだって、要を大事にしてくれている。でなかったら、私は意地でも要を手元から離さなかっただろう。

「ぼく、パパの話も聞きたい。パパとお母さんは、どうやって知り合ったの？　大学も違うんだよね？」

両親の出会い。中学三年生になった要には、気になるところかもしれない。それに私も、そこは紅葉から聞けてない話だ。

ハンカチで涙と鼻水を綺麗に拭った坂田さんは、「僕、昔はひねくれてたんです」と語りはじめた。

＊＊＊

親が敷いたレールの上に置かれた、金の揺りかごに生まれたのが僕です。

よっぽどのことが起きない限り、平均以上の衣食住が生まれた瞬間から保証されました。その代償に、どこにでもいける心の翼はもがれてしまいましたけど。

元々性格的にあまり活発な方ではないですから、親の敷いたレールの上を歩くのは苦ではありませんでした。

偏差値の高い中高一貫校に通い、有名大学へ進学しました。その頃でしょうか、なにも考えずに歩いてきたレールに、嫌気が差したのです。

多分、大学でできた友人たちの影響でした。敷かれたレールは僕のと変わらないのに、彼らはたまにレールからそれて羽目を外す。飲み会、キャンプ、合コン。散々遊んだあと、しれっとレールに戻ってくる。

いま思えば、それが普通なんです。親の目を盗みながら、羽を伸ばして息苦しさを解消していた。僕は同じことをしようとしても、羽はないし、その気概もなくなっていた。

なのに、彼らに対しての憎しみみたいな感情はいっちょ前にあるんです。自分ができないことを、やってのける楽しそうな友人たちが……羨ましかったんでしょう。

その友人たちの間で、ある日ちょっとした話題が上がったんです。大学からは少々離れた場所にあるコーヒーチェーン店に、可愛い女の子のバイトが入ったと。

明るく親切で、とにかく可愛い。だけどナンパには一切応じず、仕事をてきぱきとこなしている。聞き伝えだと本当かどうかわからないと、友人らは実際にそのコーヒーチェーン店へ行こうと盛り上がりました。

僕は友人がフラれるところが見たくて、それを黙ったまま一緒に向かいました。それに本当に可愛いのかな、なんて言って。

夕方のコーヒーチェーン店は、学校帰りの学生たちで賑わっていました。はっきりと覚えています。そのチェーン店の新しいドリンクの発売日で、店内にいた客はみんなそれを飲んでいました。

カウンターの注文口に並ぶ友人たちの一番後ろにいると、『おっ』なんて友人の小さな声が聞こえた。僕はその声色で、お目当ての子がいるんだなとわかりました。

僕は背が高い方ですから、すぐにカウンター内を見たんです。

そうしたら、いました。

まるで女優みたいな綺麗な顔立ちで、口元のホクロがやけに印象的な女の子でした。長い髪をひとつにまとめて、白シャツを開けた首の白さがやけに光ってみえた。

なのに鼻に皺を寄せる笑い方が子供みたいで、顔立ちとのギャップに内心とても驚いたのを覚えています。

友人たちは彼女がナンパにはなびかないと前情報で知っていましたから、その日は普通にオーダーをしていました。新作のドリンクをね。

僕はそのとき、彼女には他の奴らとは違うんだってところを見せたかった。多分もう、その時点で気を引きたくて仕方がなかったんです。

とうとう僕がオーダーする番が回ってきました。心臓が激しく鼓動を打って、目の前にある細長いメニュー表もよくわかりません。文字は読めるのに、頭に入っていかない。理解ができませんでした。

こんな経験は、はじめてでした。

『こんにちは』

目の前の彼女が、僕に言ってくれます。

スタッフは「いらっしゃいませ」とは言わないんですよね。これはあとから知ったことです。

あのチェーン店を利用したことがある人はわかると思うのですが、ドリンクの新作発売日は次々とお客がやってくるんですよ。

当然、僕の後ろにも人が並んでいた。僕が頭が回らなくなっているのにね。

焦る。とにかく焦る。背後からものすごいプレッシャーを感じてね。

『あ……あ……』なんて声しか出せない。完全に不審者の様子でした。

僕は、頭が真っ白になりました。なにが他の奴らと違うところを見せるんだって話ですよ。

卑屈でひねくれ者も、あの店やスタッフからむんむんと伝わってくる陽の気には勝てません。

可愛い彼女と、陽の気にあてられて、僕は緊張でおかしくなってしまった。

『……わ、わからなくなってしまいました』

やっと絞り出した声がこれでした。本当にわからなかった。コーヒーチェーン店なのだから、「コーヒー」とひと言いえればその場で恥をかくこともなかったのに。

ひねくれ者は恥をかくのが大嫌いですから、終わったと思いました。美しい彼女の前で、大恥をかいたと。

いくら学歴が高くたって実家が商社だって、僕は満足にオーダーのひとつもできずに彼女の前で恥をかいているのです。

逃げ出すという行動にも移せない僕の顔を、彼女はじっと見ました。

そうして、言ったんです。

『そういうときも、たまにありますよね』と。

そのとき。周りのざわめきが消えて、僕の耳には彼女の言葉だけがしっかりと聞こえたんです。

それから彼女は、僕にひとつずつ聞きました。『甘いものは好きですか?』『紅茶や牛乳アレルギーは大丈夫?』『熱いものは平気?』など。

僕は涙目になりながら、頷いたりしてなんとか反応を返しました。そうしてお金を払い、彼女・紅葉とのやり取りは終わりました。

ドリンクを受け取るカウンターから、飲み物が注がれ蓋のされたカップを他のスタッフに渡されました。僕はそれを受け取り、店から足早に去ったのです。店内のテーブルで待っていた友人たちを残してね。

とにかく早足で店から離れると、だんだん止まっていた頭が動き出しました。そうしてカップを持ったまま、歩道の端に座り込みました。

もう誰にジロジロと見られても構いません。だって彼らは紅葉ではありませんから。ドキドキしてどんどん熱くなる顔が冷めるのを待っていると、カップを覆うスリーブになにかペンで書いてあるのに気づきました。

そこには丸っこい可愛らしい文字で『元気がでますように!』とありました。

一気にまた、熱が上がります。

とっくに自分が失ったと思っていた翼が戻ってきて、足元のレールから僕はふわりと浮いた気がしました。

衝撃でした。こんな感情が自分にもあったなんてと驚いたのです。

紅葉が選んでくれた飲み物はティーラテで、甘くてとても美味しかったです。

＊＊＊

「それで、今日はそのスリーブを見せたくて。お守りなので、常に持ち歩いています」

坂田さんはいそいそと、自分のお財布から茶色の紙スリーブを出してみんなに見せた。

そこには話の通り、『元気がでますように！』と懐かしいくせのある紅葉の字で書いてあった。坂田さんの紅葉への想いは、想像以上だったかもしれない。

いや……ここにいる大人全員が、恋をこじらせた人間だったのを思い出した。

「パパはそのあと、どうしたの？　お母さんがいるお店に通ったの？」

「通ったというか、僕もバイトとしてコーヒーチェーン店で働いたんだ。紅葉は客のナンパには一切応じないからね、なら内側からだと思って」

「なんか、パパって変なところで行動派だよね。ぼくも、そういうところがあるけどパパ似だったんだなってわかった」

ふたりはバイト仲間としての関係がはじまったけれど、紅葉はやっぱり誰の告白にも応じなかったという。

「だから僕、聞いたんです。恋人は作らないのって。そうしたら紅葉は『自分のせいで大好きな姉が好きな人とおかしくなっちゃったから、申し訳なくてそんな気になれない』って言って。そういう話を聞いて元気づけているうちに、少しずつ距離が縮んで、僕が押しまくって付き合ってもらいました」

私は驚いて、思わず紀一郎くんと顔を合わせた。

「紅葉、気にしちゃってたんだ……。紅葉のせいじゃなくて、私の意気地がなかったのが原因なのに」

優しい紅葉。長く気にして苦しんでいたんだ。

「上京も迷っていたけど、自分が側にいると姉にまた悲しい思いをさせるかもしれないから離れたとも言っていました。あまり自分のことを話さなかったので、紅葉に姉がいることもそこでやっと知ったくらいです」

上京した先で坂田さんと出会い、身ごもった体で岩手にひとり帰ってきた。勇気がとてもいったと思う、本当に、ほんとうに……。

しんみりした空気のなか、要が「お母さんは本当に優しくて面白いね」としみじみと言う。

「紅葉の優しいところ、しっかり要が受け継いでるよ。紅葉からもらったものを、要はたくさん持ってる。私たちは要が望めばいつだって紅葉の思い出を分けてあげられるよ」

鼻を赤くして、要が笑う。下を向くと、抱いていた萌恵の頭に涙がパタパタと落ちた。

隣から要に、坂田さんが自分がさっき使っていたハンカチを差し出す。

「要、俺も紅葉との思い出話があるからね。高校時代に知葉と一緒に帰りたくて紅葉に頼み込んだときの話、それから知葉にちょっかいをかけようとした同級生に紅葉と牽制しに行った話と……」

紀一郎くんの話し出した内容は、私の知らないことばかりだ。

「なにそれ、私まったく知らない話なんだけど!?」

「パインさんの話も聞きたい！　お母さんと牽制しに行ったってどういうことか知りたいー！」

「待ってました！　早く紅葉の高校時代の話を教えてくださいっ」

紅葉の写真の前で、大人たちが楽しく思い出を語らい、要はそれを聞いて笑ったり涙ぐんだりする。不安が少しでも解消できているといいのだけど。

みんなの紅葉を懐かしむ声、要が「お母さん」と呼ぶ声が、紅葉のいる天国まで届いていますようにと願った。

紅葉はきっと、それに耳を傾けて鼻に皺を寄せて笑っていると思うから。

END

あとがき

はじめましての方も、お久しぶりの方もこんにちは。木登《きのぼり》です。

このたびは『失恋したはずの航空自衛官に再会したら、両片想い発覚で妹の子どもごと12年越しの一途愛で包みこまれました』をお手に取っていただきありがとうございます。

今回は、航空自衛官×自分よりも大切な存在のいる大人の恋がテーマになっています。

もし、長く恋している人に再会したとき、自分には恋愛よりも優先すべき存在がいたら。

もし、自分の元を去った愛する人を見つけたとき、相手はすでに亡くなり忘れ形見がいたら。

そういったときの、人の感情の変化や葛藤を書きたくて今回の作品に着手しました。

お話のキーパーソンになるのが、ヒロイン・知葉の双子の妹である紅葉です。彼女はすでに亡くなっていますが、お話の中では彼女の遺したものがポイントになっていきます。

紅葉には明るくて優しいけれど、大事な場面で話し合いを避けて身を引いてしまうところがありました。知葉と時松がギクシャクした高校時代、要を妊娠した上京時代。話し合ってさえいれば、違う未来があったかもしれないのに。

紅葉がそこで黙ってしまったのは、大切な人に嫌われたくないという気持ちが強く働いたせいかもしれません。突拍子もない性格ですが、その裏では人一倍傷つきやすく怖がりでした。

妊娠を告げず坂田の元から去り、知葉のいる岩手に帰ったのは相当勇気が必要だったと思います。作中では、誰も紅葉を責めたりしません。それは紅葉の性格を知っていたからだと思います。

番外編では、大人たちが紅葉との思い出話を要のために披露します。そうやって亡くなった紅葉を懐かしむことで、いい関係が築けていけそうな雰囲気になり、書いている私も一安心しました。

今回のカバーイラストは、唯奈《ゆいな》先生に手がけていただきました！　特に時松のパイロットらしい格好良さ、時松に懐く要の可愛らしさ！

時松の手の甲に顔を寄せているのが本当に可愛くて、執筆中に眺めながら励みにしました。

素敵に三人を描いていただき、本当にありがとうございました。

また、今回も担当様にはめちゃくちゃお世話になりました。私がこだわるほんの些細な日常の一場面を好ましく思ってくださり、それがとても嬉しかったです。

この作品が一冊になり流通するまで関わってくださった皆様、ありがとうございます！

そうして、ここまで読んでくださった読者様。ありがとうございました！

木登

参考文献

『これ以上やさしく書けない 戦闘機「超」入門』関賢太郎、パンダ・パブリッシング、二〇一七年
『ブルーインパルス パーフェクト・ガイドブック』イカロス出版、二〇二〇年

ファンレターの宛先

マーマレード文庫をお買い上げいただきありがとうございます。
この作品を読んでのご意見・ご感想をお聞かせください。

宛先
〒100-0004　東京都千代田区大手町1-5-1
大手町ファーストスクエア イーストタワー 19階
株式会社ハーパーコリンズ・ジャパン　マーマレード文庫編集部
木登先生

マーマレード文庫特製壁紙プレゼント!

読者アンケートにお答えいただいた方全員に、表紙イラストの
特製 PC 用・スマートフォン用壁紙をプレゼントします。

詳細はマーマレード文庫サイトをご覧ください!!
公式サイト
@marmaladebunko
SNSもチェック!

原・稿・大・募・集

マーマレード文庫では
大人の女性のための恋愛小説を募集しております。
優秀な作品は当社より文庫として刊行いたします。
また、将来性のある方には編集者が担当につき、個別に指導いたします。

募集作品
男女の恋愛が描かれたオリジナルロマンス小説（二次創作は不可）。
商業未発表であれば、同人誌・Web上で発表済みの作品でも応募可能です。

応募資格
年齢性別プロアマ問いません。

応募要項
・パソコンもしくはワープロ機器を使用した原稿に限ります。
・原稿はA4判の用紙を横にして、縦書きで40字×32行で130枚～150枚。
・用紙の１枚目に以下の項目を記入してください。
①作品名（ふりがな）／②作家名（ふりがな）／③本名（ふりがな）
④年齢職業／⑤連絡先（郵便番号・住所・電話番号）／⑥メールアドレス／⑦略歴（他紙応募歴等）／⑧サイトURL（なければ省略）
・用紙の2枚目に800字程度のあらすじを付けてください。
・プリントアウトした作品原稿には必ず通し番号を入れ、右上をクリップなどで綴じてください。
・商業誌経験のある方は見本誌をお送りいただけるとわかりやすいです。

注意事項
・お送りいただいた原稿は返却いたしません。あらかじめご了承ください。
・応募方法は必ず印刷されたものをお送りください。
CD-Rなどのデータのみの応募はお断りいたします。
・採用された方のみ担当者よりご連絡いたします。選考経過・審査結果についてのお問い合わせには応じられませんのでご了承ください。

m a r m a l a d e b u n k o

応募先
〒100-0004　東京都千代田区大手町1-5-1 大手町ファーストスクエア イーストタワー19階
株式会社ハーパーコリンズ・ジャパン「マーマレード文庫作品募集」係

ご質問はこちらまで E-Mail / marmalade_label@harpercollins.co.jp

マーマレード文庫

失恋したはずの航空自衛官に再会したら、両片想い発覚で妹の子どもごと12年越しの一途愛で包みこまれました

2024年10月15日　第1刷発行　定価はカバーに表示してあります

著者　木登　©KINOBORI 2024
発行人　鈴木幸辰
発行所　株式会社ハーパーコリンズ・ジャパン
東京都千代田区大手町1-5-1
電話　04-2951-2000（注文）
0570-008091（読者サービス係）
印刷・製本　中央精版印刷株式会社

Printed in Japan ©K.K. HarperCollins Japan 2024
ISBN-978-4-596-71617-0

m a r m a l a d e b u n k o